89살 할머니도
씩씩하게 살고 있습니다

89歳、ひとり暮らし。お金がなくても幸せな日々の作りかた

89SAI, HITORIGURASHI.

OKANEGA NAKUTEMO SHIAWASENA HIBINO TSUKURIKATA

by HIROKO OOSAKI

Copyright © 2022 by HIROKO OOSAKI

Original Japanese edition published by Takarajimasha,Inc.

Korean translation rights arranged with Takarajimasha,Inc.

Through BC Agency., Korea.

Korean translation rights © 2023 by Geuldam Publish.Co.

89살 할머니도
씩씩하게 살고 있습니다

오사키 히로코 지음 | 최윤영 옮김

indigo

인생은
정말 알 수 없어요

저는 1932년에 태어났어요. 정말 오래전이지요? 산책과 태극권이 취미이고 가끔 마작도 합니다. BTS와 한국 드라마를 좋아하고 술을 좋아해서 매일 저녁 반주를 즐기는 할머니이지요.

이렇게 평범한 일상이 극적으로 변한 건 78살에 우연한 기회에 컴퓨터 사용법을 배우고 트위터를 시작하면서부터예요.

"재밌으니까 해봐요"

트위터를 알려주면서 딸이 한 말입니다. 처음에는 도통 뭐가 뭔지 모르겠더라고요. 팔로워는 친구 한 명이었고, 그 친구를 향해 글을 올려본들 뭔가가 바뀌지도, 누군가가 '좋아요!'를 눌러주지도 않았습니다.

그러던 어느 날 동일본대지진이 일어났지요. 전화조차도 연결되지 않는 상황 속에서 유일한 연결망이었던 것이 이 트위터였습니다. 무사히 딸과도 연락이 닿아 트위터를 시작하기 정말 잘했다고 생각했어요.

지진이 일어나고 원전 사고로 떠들썩했던 것도 이맘때입니다. 불안과 의문이 부글부글 끓어올라 그 마음을 솔직하게 써서 트위터에 올렸어요. 그러자 어찌 된 영문인지 팔로워 수가 순식간에 늘어나는 게 아니겠어요?

얼굴도 이름도 모르고, 나이도 직업도 다른 사람들과 자유롭게 교류할 수 있다는 건 70대인 제게 상상할 수도 없던 일이었어요.

지극히 평범하게 살아온 할머니의 말을 들어주는 사람이 전 세계에 있다니. 이 얼마나 기쁜 일인가요. 삶에 활력이 되더군요. 지금은 매일 그날의 시시콜콜한 일을 올리거나 공원에서 찍은 꽃 사진을 올리기도 합니다.

트위터를 시작하기 전 크게 아팠던 적이 있습니다. 건

강이 얼마나 중요한지 알게 되었지요. 때마침 큰 공원이 있는 곳으로 이사를 가게 되어 산책을 하기 시작했습니다. 집에서 공원까지 걸어가서 공원 안을 산책합니다. 매일의 장보기 등으로 하루 걷는 걸음이 약 8000보가 되더군요. 그래서 비 오는 날을 제외하고는 '하루 8000보'를 나 자신과의 약속으로 정했습니다.

결코 강제적인 건 아닙니다. 매일의 컨디션에 따라 무리하지 않고 느슨하게!

산책을 하다 보니 무릎 통증이 사라지고 몸은 자연스럽게 건강해졌습니다. 그리고 어느 날 공원 안에서 태극권을 한다는 정보를 알게 돼 참여를 해봤더니 몸에 더욱 힘이 생기더군요! 친구도 생겨 늘 홀로 하던 산책이 태극권 친구들과 왁자지껄하게 걷는 풍경으로 바뀌었습니다.

물론 친구들은 모두 저보다 나이가 어립니다. 젊은 사람들과의 교류는 '회춘'에 안성맞춤이에요. 보폭을 맞춰 걸으며 새로운 정보를 교환하는 것으로 매일 기운을 얻고 있습니다.

'마작 모임'의 존재를 알게 된 것도 함께 산책하던 친구를 통해 알게 되었어요. 젊은 시절에 좋아했던 마작을 세상에, 83살에 다시 하게 될 줄이야. 게다가 책을 출간해 보지 않겠냐는, 깜짝 놀랄 만한 제안도 받았지요.

인생은 정말로 알 수 없어요. 제게 이런 놀라운 날들이 기다리고 있을 줄 젊었을 땐 상상조차 못 했습니다. 고생도 했고 이런저런 병도 걸려봤습니다. 걱정거리를 잔뜩 안고서 몹시 괴로운 상태로 긴 터널에서 벗어나지 못했던 시기도 있었습니다.

그러나 지금은 행복합니다. 특별한 일은 하나도 없어요. 그저 흐름에 몸을 맡기고 긍정적으로 살아왔을 뿐이지요. 검소하지만 나름 즐겁게 살고 있습니다. 가족과도 잘 지내고 있고 제 몸도 건강합니다. 어릴 때 상상도 못 할 만큼 편리한 것으로 넘쳐나는 세상에 살고 있음에 그저 감사할 따름입니다. 이건 저뿐만이 아니라 누구에게나 일어날 수 있는 일입니다.

이 책에는 일상을 자유롭게 즐기고 있는 저의 생활과 생각이 실려 있습니다. 지금 고민에 휩싸여 다가오지도 않은 미래를 미리 걱정하고 있는 분이 있다면, 이 평범한 할머니의 이야기가 조금이나마 도움이 되었으면 좋겠습니다.

◇ 느긋하고 자유롭게 ◇

검소하지만 더없이 행복하게 보내고 있답니다

◇ 가볍지만 단단하게 ◇

남은 날들은 홀가분하게 살고 싶습니다

명랑하고 씩씩하게

모든 게
지금이 좋습니다

78살에 처음으로
컴퓨터를 배웠습니다

　　제 취미는 140자 이내의 짧은 글을 올릴 수 있는 SNS
'트위터'(계정은 @hiroloosaki)로, 감사하게도 엄청나게 많
은 분들이 팔로우해주고 있어요. 거의 매일 글을 올리는
데 고맙게도 어린 친구들부터 해외에 사는 분들과 외국
인들, 모두가 알고 있는 유명인들까지 저를 팔로우해주고
있어요. '좋아요'를 눌러주고 DM으로 대화를 나누기도
하는데 이 나이에 이런 다양한 사람들과 소통할 수 있어
서 얼마나 좋은지 몰라요.

　　컴퓨터를 시작한 건 2011년 3월, 78살 때의 일입니다.
매일 연락을 주고받는 런던에 사는 외동딸이 "컴퓨터를

이용하면 일본과 런던에서도 무료로 통화할 수 있어요."라고 한 말이 계기가 되었습니다. 그 당시 국제 통화료가 굉장히 비쌌거든요. 그리고 좋아했던 동방신기의 유튜브를 보고 싶다는 이유도 있었고요.

'맥을 사면 1년 수강료 9800엔으로 1년간 컴퓨터 강좌를 마음껏 받을 수 있다.'는 정보도 딸에게 들어 망설임 없이 맥을 샀습니다. 그렇게 긴자의 애플스토어로 컴퓨터 강좌를 들으러 다니기 시작했습니다. 당시 긴자의 애플스토어 3층은 극장이었는데 거기서 다양한 강좌를 진행하고 있었지요.

처음에는 아무것도 몰라 쭈뼛거리기 바빴지만 수업이 진행될수록 무척 즐겁더라고요. '이런 것도 할 수 있어?!' 하면서 매일매일이 놀람의 연속이었지요. 게다가 일대일 수업이어서 어떤 질문을 해도 멋진 젊은 선생님이 정성껏 알려주었습니다.

일대일 수업은 1시간, 그룹 수업은 2시간. 13인치의 노트북을 짊어지고 긴자까지 오가는 일은 고됐지만 거기서 사귄 친구와 함께 밥을 먹고 미쓰코시 백화점 옥상의 무료 휴식 공간에서 챙겨온 과자를 먹으며 이야기를 나누면서 1년을 매우 즐겁게 보냈습니다. 그 후에도 수업을 더 들을 수 있어서 주 1회씩 3년을 다녔습니다.

애플스토어에서는 배운 내용을 발표하는 발표회가 있었는데 당연히 저도 참여했습니다. 달력이나 앨범과 같은 제작물을 만들 실력은 못 되어, '이 나이에 컴퓨터를 배운 저를 봐주세요.' 하는 정도로 말이지요. 그때 제 나이는 이미 80살이었습니다.

그렇게 컴퓨터 사용법을 배웠습니다. 지금은 맥보다도 아이폰을 이용합니다. 지금 갖고 싶은 건 아이패드! 코로나 특별재난지원금으로 받은 10만 엔으로 살 예정입니다. 꽤 괜찮은 쇼핑이지요?

트위터는 컴퓨터 교실을 다니면서 또다시 딸의 권유로 시작했습니다. 딸이 재미있으니까 해보라고 했는데 저는 전혀 재미있지 않더군요. 무엇을 전해야 좋을지, 무슨 말을 써야 할지 몰랐지요……. 무슨 말을 끄적여도 반응은 없지, 당췌 뭐가 뭔지 모르겠더라고요. 처음에는 '뭐야 이게!?' 싶었답니다.

그러다 동일본대지진이 일어났습니다. 그때 전화가 먹통이라 스카이프와 트위터로만 연락이 되었지요. 딸과의 연락이 힘들어지자 '이렇게 도움이 된다면.' 싶어 그때부터 본격적으로 트위터를 하기 시작했습니다. 당시 원전 사고로 도쿄전력에 의문을 품고 있던 때라 그에 대한 불안이나 분노의 마음을 트위터에 올렸는데, 그게 포털 사이트에 '할머니가 올린 멋진 이야기'로 다루어지면서 팔로워 수가 단숨에 증가했습니다. 그 당시에는 컴퓨터로 트위터를 하고 있어서 쉴 새 없이 딩딩딩딩 알림 소리가 울렸습니다. 알림을 끄는 방법도 몰랐던 때라 영문도 모른 채, 솔직히 너무 무서웠던 기억이 납니다.

그 뒤로 트위터는 일상이 되었습니다. 일상의 사소한 이야기를 거의 매일 올리고 있습니다.

트위터는 대단한 일이 아니어도 '오늘 어디에 갔다, 몇 보를 걸었다' 하는 글을 올리는 것만으로도 충분합니다. 노망이 나지 않는 한, 손가락이 움직이는 한 이어나가고 싶습니다.

런던에 사는 딸과는
매일 메신저로 만나니까 괜찮아요

　제게는 딸이 하나 있습니다. 전 남편과는 딸을 낳고 얼마 안 돼 이혼하고 줄곧 둘이서 지내왔지요. 그런 딸이 1995년 국제결혼을 해서 세 아이와 남편과 함께 런던에서 생활하고 있습니다.

　제가 젊었던 시절만 해도 이혼한 사람도 적었고 싱글맘에 대한 시선이 곱지 않았지요. 생활도 어려웠습니다. 30대였던 그 무렵은 제 인생에서 제일 힘든 시기였을지도 모릅니다.

　그래도 딸만큼은 남부럽지 않게 키우고 싶은 것이 엄마의 마음이었습니다. 평범한 가정이었다면 옷이 조금 남루해도 눈치 보지 않았겠지요. 하지만 모자 가정이다 보니 '남들만큼 입혀야 한다'는 강박에 시달렸습니다. 딸에게 아빠의 빈자리를 꽉꽉 채워주고 싶은 마음도 강했습니다. 그래서 학원도 보냈습니다. 행동거지나 예의범절도 배울 수 있지 않을까 하고 일본무용도 배우게 했습니다. 그리 대단한 곳이 아닌 구민회관 같은 곳에서였지만요.

어린 딸을 남의 손에 맡기고 싶지 않아 찻집을 하던 언니네에서 일하며 학교를 데려다주고 데리러 가는 일부터 딸의 모든 것을 손수 챙겼습니다. 재혼 이야기가 오간 적도 있었는데 딸이 예민한 시기여서 관둔 일도 있습니다. 무조건 딸을 최우선으로 살았던 매일매일이 필사적인 나날이었습니다.

그런데 어릴 땐 고분고분했던 딸이 중학생이 되면서 말을 안 듣더군요. 쇼핑하러 가서도 제가 고르는 것과 딸이 좋아하는 것이 달라서 자주 다퉜습니다.

딸이 유학을 떠난 건 24살 때. 줄곧 저축해온 세뱃돈과 아르바이트비로 비용을 마련해 "이 돈으로 런던에 유학 보내줘. 꼭 가고 싶어."라고 하니 도저히 반대할 수가 없었습니다. 제 돈으로 가고 싶다는 애를 어떻게 말리나요. 처음에는 반년만 가 있을 예정이었는데 런던이 마음이 들어 전문학교를 졸업하고 거기서 취직까지 해버렸지요. 그대로 남편을 만나 국제결혼을 했고요.

딸이 처음 런던으로 떠나던 날 나리타공항까지 배웅하고 울면서 돌아왔던 기억이 지금도 선명합니다. 섭섭했지만 어쩔 수 없지요, 이미 가버렸고. 귀국할 때마다 가지 말라는 소리는 단 한 번도 한 적 없습니다. 뭐, 말한들 듣겠어요. 외동딸이라 곁에 두고 싶은 마음도 물론 있었지만 너무 멀리 가버려 아예 손이 닿질 않으니…… '섭섭하지만 응원할게.'의 자세가 되더군요.

국제전화가 비싼 시대에는 전화하기 전에 먼저 편지를 썼습니다. 얇은 편지에 '며칠 몇 시쯤에 전화할게.' 하고 한마디 덧붙여서요. 그렇게 시간을 맞춰 전화해 이야기를 나누었습니다. 그러지 않으면 엄청난 고액의 청구

서가 날아오니까요. 옛날에는 그렇게 연락을 취했습니다. 예전에는 1, 2년에 한 번은 런던에 가서 석 달 정도 보냈습니다. 재작년에는 딸이 일본에 올 예정이었는데 코로나로 올 수 없게 되어, 벌써 2년을 못 만났네요.

그래도 지금은 매일 저녁 식사 때 메신저로 전화가 옵니다. 대개 제가 저녁 반주를 하는 때지요. 런던은 아침 10시 정도려나요. 시시콜콜한 이야기를 할 뿐이지만 제게는 매우 소중한 시간입니다.

이따금 생각합니다. 이만큼 거리가 떨어져 있어서 부모와 자녀의 관계가 원만한 걸지도 모르겠다고요. '오히려 가까우면 좋지 않아.' 그런 생각도 드는 요즘입니다.

마음에 드는 사진은 액자에 끼워 벽에 걸어둡니다.
그중에서도 이 사진은 제가 정말로 아낍니다.
손주들의 어릴 적 뒷모습을 볼 때마다 마음이 평온해집니다.

여전히 건강하다는 것에
감사하며 살고 있어요

저는 게다(일본식 나막신-옮긴이)를 만들고 파는 가게를 운영하는 집안에서 장남, 장녀, 차녀인 저, 여동생, 남동생, 여동생의 6남매 중 셋째로 자랐습니다. 과거에는 기모노를 입어도 양복을 입어도 게다를 신었기 때문에 게다 가게는 제법 잘됐지요. 젊은 일꾼들을 여럿 거느리면서 그럭저럭 생활했습니다.

아버지는 매우 엄격한 분이었습니다. 전쟁 중에 자란 터라 여자아이도 연약하게 굴면 혼을 내셨지요. 친구와 싸우고 울면서 오는 날에는 막대기를 손에 쥐여 주며 "복수하고 와라." 하셨지요. "울고 돌아오는 일은 말도 안 된다!"는 소리를 들으며 자랐네요.

서로 다투긴 했어도 남매 사이는 좋았습니다. 언니와 제가 가장 끈끈하려나요. 지금도 매일 연락을 주고받으며 자주 만나러 갑니다. 코로나 이전에는 몇 년에 한 번씩은 남매가 다 같이 모여 여행을 가기도 했습니다. 제 딸이 런던에서 올 때면 언니나 여동생 집에 모이기도 했지요. 하지만 지금은 그것도 어려워져 쓸쓸합니다.

오빠는 세상을 떠났지만 나머지 남매들은 모두 건강합니다. 막내 여동생도 80살이 넘었는데, 건강 그 자체입니다. 엘리베이터 없는 빌라 4층에 혼자 사는 언니는 94살인데도 자기 다리로 거뜬하게 오르내립니다. 장도 혼자보러 가고 바느질도 합니다. 대화도 잘되고 정신도 또렷합니다. 그래서 저도 94살까지는 건강하게 살 수 있겠다고 멋대로 생각하고 있지요. 좋은 본보기가 되어주는 언니가 가까이에 있어서 희망을 갖게 되네요.

이 귀여운 포렴은 2022년 4월에 94살을 맞이한 언니의 작품입니다.
너무 길게 내려오지 않는 이 정도의 경계를 좋아해서 마음에 듭니다.

뭐든 배우고 싶다고 생각하면
어떻게든 방법이 생깁니다

고등학교를 졸업하고 도쿄로 왔습니다. 사교댄스에 빠진 적도 있고 꽃꽂이도 배워보고 마작에 빠지기도 했습니다. 그리고 결혼을 했고 딸을 낳고 이혼을 했습니다.

그 이후로는 다양한 일을 했습니다. 꽤 오랜 시간 언니가 하는 찻집에서 일손을 도왔습니다. 화장품을 좋아해서 화장품 영업을 한 적도 있습니다. 찻집의 단골손님에게 카탈로그를 건네며 영업을 하기도 했지요. 하지만 그것만으로는 금전적으로 감당이 안 돼 생활은 어렵고 고됐습니다. '아동 수당(중학교 졸업까지의 아동을 양육하는 자에게 지급된다.-옮긴이)'이 정말로 귀한 돈이었습니다.

원래 옷을 좋아하고 모양내는 것에 관심이 있던 터라

50살부터 정년까지는 신랑 신부의 의상 선택을 돕는 의
상 코디 일을 했습니다. 그리고 정년을 계기로 그곳을 관
두고 70살까지 KKR(국가공무원공제조합연합회)의 오테마치
호텔에서 의상 코디 일을 맡았습니다.

70살에 일을 관두고 나서도 한가롭게 지내지 못하고
이상하게 바쁘게 보내고 있습니다. 당시 인기가 많았던
TV 드라마 〈사랑한다고 말해줘〉(1995년, TBS), 〈별의 금화
〉(1995년, 일본TV)에서 등장인물이 수어를 쓰면서 수어 열
풍이 불었던 적이 있습니다. 그 영향인지 당시 수어를 배
우고 싶어 동네 구청에서 주최하는 수어 강좌에 일주일에
한 번, 하루도 빼먹지 않고 3년을 다녔습니다. 지금도 일
상 대화 정도는 수어로 말할 수 있습니다.

지금 살고 있는 단지에도 농인 부부가 계셔서 그분들
과 수어로 수다를 떨기도 합니다. 다니는 성당에서 농인
들의 통역도 담당하고 있습니다. 성당에서의 제 지정석은
언제나 수어석입니다.

컴퓨터와 트위터, 태극권과 산책, 넷플릭스, BTS와 매

일매일을 진심으로 즐겁게 보내고 있습니다. 홀로 살아나갈 수밖에 없다면 거창하진 않아도 혼자서도 즐길 수 있는 다양한 취미를 만들어야 한다고 생각합니다.

태극권이 끝나면 공원을 산책합니다.
그러다 지치면 벤치에 앉아서 트위터를 하곤 하지요.
눈앞에 보이는 꽃을 찍어 올리기도 합니다.

60살이 넘어 갖게 된
종교 덕분에 마음이 편안해졌습니다

1991년 봄, 도쿄의 한 성당에서 진행된 딸의 세례식에 저도 참석했습니다. 그리고 그 따뜻하면서도 눈물이 나올 것 같고 가슴 찡해지는…… 너무 좋은 공기에 마음속 깊이 감동해 버렸지요. 태어나서 여태껏 종교에 관심을 가진 적은 단 한 번도 없었기에 신기한 경험이었습니다.

그때까지 불교도이긴 했지만 마음을 다해 신앙생활을 한다는 생각은 가진 적은 없었습니다. 그저 명절이 오면 성묘하러 가고 조상을 기리는 행사에 참여하며 평범하게 지내왔지요. 그런데 세례식에 참석하면서 가톨릭이 공부하고 싶어져 그때부터 강좌를 다니며 세례를 받고 60살에 가톨릭이 되었습니다.

그때부터였을 겁니다. 마음이 바뀌었다고 해야 할지, 개운해졌달까요. '인생, 다시 한 걸음부터 나아가 볼까.' 하는 마음이 들게 되더군요.

런던에 있는 세 손주의 세례식도 현지에서 참석했습니다. 열성적인 가톨릭은 아니지만 기도를 하면 기분이 정말 좋아집니다.

예전에는 일요일마다 요쓰야에 있는 성당에 다녔습니다. 미사가 끝나면 버스를 타고 긴자로 갔지요. 보행자 천국을 어슬렁거리거나 점심을 먹거나, 하는 일도 즐거움 중 하나였습니다. 크리스마스 미사도 빠짐없이 나갔습니다. 코로나 이후에는 온라인 미사로 대신하고 있습니다. 몇 년 전에 교황이 도쿄돔에 오셨을 때도 추첨에 당첨되어 다녀왔습니다.

새롭게 종교를 갖게 되면서 부정적인 것을 내려놓고 편안하게 살아갈 수 있게 되었음을 날마다 실감하고 있습니다.

서랍장 위와 주방 한쪽에 예수와 마리아를 장식하여
작은 제단을 차려놓았습니다.

계절 꽃들과 드라이플라워를 곁들여 두기도 합니다.

좋아하는 것들로 가득 채운
매일을 보내려고 합니다

보통 아침 6시에 일어납니다. 식사를 가볍게 하고 늦어도 7시 10분에는 집을 나서 태극권 모임 장소인 집 근처 공원으로 향합니다. 걸어서 20분 정도 걸릴까요. 태극권 시작 시간은 7시 30분. 1시간 정도 진행 후 8시 30분쯤 끝납니다.

그러고 나서 태극권을 같이하는 친구들과 함께 집 근처 공원을 산책합니다. 큰 테이블이 있는 벤치에 앉아 30분 정도 이야기를 나눌 때도 있습니다. 대다수가 70대로, 65살 정도의 분들도 계시려나요. 모두 젊답니다, 제 눈에는. 전에는 한두 명이었는데 최근에는 함께하는 친구들이 늘었습니다.

수다를 떨기도 하고 공원에 핀 꽃 사진을 찍기도 하지요. 그리고 그 사진을 트위터에 올리기도 합니다. 공기가 상쾌한 공원에서 느긋하게 시간을 보냅니다.

집에 오면 10시쯤. 그때부터 청소를 하고 목욕을 합니다. 저는 밤에는 목욕을 하지 않아요. 동일본대지진 이후 목욕은 아침 시간으로 정했습니다. 지진으로 정전이 되면 곤란한 상황이 생기니까요. 그래서 밤은 피하고 있습니다. 뭐, 한가한 사람이니 언제 목욕해도 상관은 없지만, 아침에 하는 목욕은 상쾌하지요. 동시에 세탁기를 돌릴 때도 있습니다.

목욕 중에는 탈의실에 두고 있는 CD플레이어로 음악을 듣습니다. 요즘에는 BTS에 빠져서 모든 멤버의 이름도 다 외울 정도지요. 그런 BTS의 음악이 듣고 싶을 때는 탈의실까지 아이폰을 들고 와 곡을 틀기도 합니다.

그러다 보면 벌써 점심때입니다. 점심을 먹고 오후 2

시쯤 되면 넷플릭스에서 좋아하는 한국 드라마를 보면서 저녁까지 즐깁니다. 매달 1000엔이 안 되는 정액 요금으로 무제한 시청할 수 있어서 안심입니다.

그 이후에는 신문을 안 보기 때문에 TV로 편성표를 확인해 밤에 방송되는 스포츠 방송을 예약합니다. 스포츠는 분야 상관없이 뭐든 좋아해서 가능한 한 보고 있습니다.

저녁 준비는 넷플릭스를 잠시 멈춰 놓고 준비하느라 시간은 그때그때 다르려나요. 준비 시간은 1시간 정도 걸립니다.

식사 시작은 6시 반. 그때쯤 영국에 있는 딸에게서 메신저로 영상 통화가 걸려 옵니다. 그쪽은 아침 9시나 10시쯤입니다. 저녁을 먹고 반주를 한잔하면서 늘 20~30분 정도 대화를 나눕니다.

식사 후에는 녹화해둔 스포츠 방송을 봅니다. 도쿄올림픽 동안에는 내내 TV에 달라붙어 있었을 정도로 스포츠 시청을 좋아합니다. 어제는 기타큐슈에서 개최되었던 리듬체조 대회를 봤네요. 그런 다음 트위터를 둘러보다가 생각나는 게 있으면 글을 올리기도 합니다.

밤 9시가 되면 뉴스를 꼭 챙겨봅니다. 그사이에 5~6분 정도 제 방식대로 간단한 스트레칭과 체조를 합니다. 목과 어깨를 돌리거나 엉거주춤한 자세를 한 채 버티기를 해보기도 합니다. 어깨 결림도 싫고 다리가 골절되기라도 하면 드러누워 보통 일이 아니게 되니 넘어져도 가벼운 타박상 정도로 넘어갈 수 있도록 말이지요. 매일 조금씩 꾸준히하고 있습니다.

사실 제가 3년 전에 넘어져서 다친 적이 있어요. 공원을 걸으며 사진을 찍다가 나무뿌리에 걸려 넘어져 명치 쪽 갈비뼈가 골절되고 말았지요. 다행히 한 달이 지나지 않아 나았지만 만일 다리뼈였다면 드러누웠겠지요. 최근에는 척추나 허리뼈와 같은 압박 골절에 관한 이야기에 관심이 갑니다. 골절상을 입게 되면 등이 굽거나 허리가 구부러져 지팡이나 노인용 보행기가 필요해집니다. 그렇게 될까 봐 무서워 나름대로 단련하고 있지요.

뉴스가 끝나고 10시쯤이면 침대에 들어가려고 해요. 눕자마자 졸리기 때문에 책을 읽거나 스마트폰을 만지는 일은 없습니다. 스트레칭 덕분에 잘 자고 있어요. 이 나이에 8시간 수면은 긴 걸까요? 하지만 푹 잘 수 있음에 감사합니다.

거창하진 않아도 혼자서 즐길 수 있는
다양한 취미를 만들어야 한다고 생각해요.

할머니의 하루

AM 6:00	기상. 아침 식사는 가볍게
AM 7:10	집 근처 공원으로
AM 7:30	집 근처 공원에서 태극권
AM 8:30	태극권 마치고 공원 산책
AM 10:10	귀가. 청소, 목욕, 세탁
PM 12:00	점심 식사
PM 2:00	넷플릭스 시청
PM 4:30~5:30	장보기, 저녁 식사 준비
PM 6:30	저녁 식사하며 딸과 영상 통화
PM 9:00	뉴스 시청하면서 중간에 5분 정도 체조
PM 10:00	취침

집 근처에 아름다운 공원이 있어서 좋아요.
매일 아침 갈 곳이 있어서 행복합니다.

'트위터하는 할머니'의 말말말

osakihiroko @hiroloosaki

많은 분들이 팔로우해주시고 좋아해주셔서 감사합니다.
이 할머니가 대단한 걸 올리는 것도 아닌데
눈물이 나올 정도로 기쁩니다 ♪ ♪
트위터는 지금 제 삶의 보람이기도 합니다. ♡!!
노망나지 않는 한 계속하겠습니다. 지켜봐 주세요.

2021/07/18

---

osakihiroko @hiroloosaki

제 부모님은 6명의 아이를 낳았습니다.
2남 4녀. 오빠가 88살의 나이로 죽고 나머지 5남매는 건재합니다.
저는 셋째입니다.
부모님은 남자는 일! 여자는 공부를 중요하게 여긴 분들이셨습니다.
93살의 언니는 그 시절에 여고를 나왔습니다.
초등학교 6년이 의무교육이었던 시대에 말이지요.
부모님도 읽고 쓰기와 주판을 잘했습니다! 부모님께 감사합니다.

2021/08/06

osakihiroko @hiroloosaki
좋은 아침입니다. 구름 한 점 없이 맑은 날씨네요.
기쁨과 사랑으로 좋은 날을 ♪

2021/12/22

---

osakihiroko @hiroloosaki
친구라는 건 좋네요.
25년 만에 만났는데도 전혀 어색함이 없었습니다.
아, 최근 반년 정도는 메신저로 대화를 나눴어……서
위화감이 없었는지도 모르겠습니다.
나이를 먹으면 수다 시간이 중요합니다!

2021/08/06

---

osakihiroko @hiroloosaki
공원 산책 중!
89세 할머니 셀카를 찍었습니다.

2021/12/12

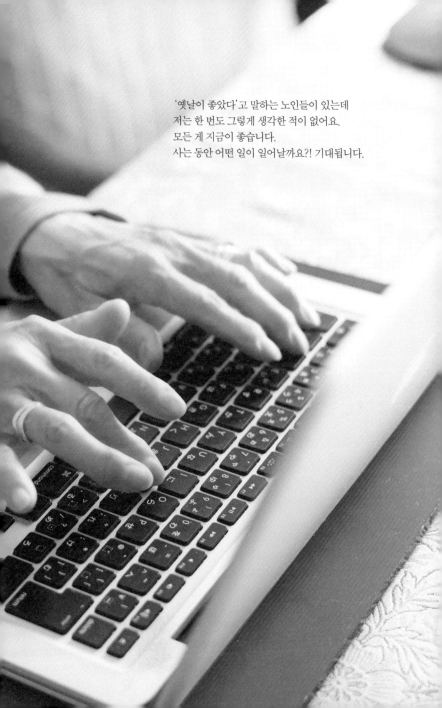

'옛날이 좋았다'고 말하는 노인들이 있는데
저는 한 번도 그렇게 생각한 적이 없어요.
모든 게 지금이 좋습니다.
사는 동안 어떤 일이 일어날까요?! 기대됩니다.

느슨하지만 꾸준하게

좋은 습관을 들이면
저절로 건강해집니다

매일 8000보씩 걷다 보니
건강해졌지 뭐예요

지금 저는 스스로도 놀랄 만큼 건강합니다. 아픈 곳 하나 없이 매일이 즐겁고 술도 맛있습니다.

그렇다고 제가 내내 건강했던 것은 아닙니다. 50대에는 자궁근종을 앓았고, 70대에는 위암으로 위의 반 이상을 잘라냈습니다. 게다가 오른쪽 무릎에 물이 차서 치료를 위해 주사를 얼마나 맞아댔는지 모릅니다. 그런 상태였는데, 무리하지 않는 선에서 계속 걸었더니 어느새 통증도 사라지고 차 있던 물도 전부 빠졌습니다.

70대와 비교하면 지금이 더 상태가 좋습니다. 어쩌면 인생에서 가장 건강할지도 모릅니다.

지금 생활하는 집으로 이사와 근처 공원을 산책하게 된 영향이 컸다고 봅니다. 그전까지는 가끔가다 산책하는 게 다였으니까요.

이곳으로 이사 온 처음에는 자전거를 타고 다녔는데 70살이 되니 도심을 달리는 버스를 무료로 이용할 수 있더군요. 그러면 '자전거가 필요 없겠구나.' 싶어서 팔았습니다. 그러고 나니 걷는 수밖에 없었지요. 산책은 물론이고 장을 볼 때도, 태극권을 하러 오갈 때도 걸었습니다.

지금은 1년에 어쩌다가 몇 번 버스를 타는 정도입니다. 코로나로 멀리 나갈 수도 없어서 전철도 탈 일이 없어 걷는 일이 크게 늘었습니다. 그 덕분에 건강해졌다고 확신합니다.

집 근처 공원은 집에서 걸어가기 딱 좋은 거리에 있습니다. 왕복 4000보, 공원을 한 바퀴 빙 돌면 7500보입니다. 거기에 장을 보러 나가면 8000보. 그래요, 매일 8000보를 걷고 있어요.

중요한 것은 걷기를 시작하는 타이밍이라고 생각합니

다. 왜냐하면 걸을 수 없게 된 뒤에는 걷겠다고 노력해봤자 어려울 테니까요. 여기저기 아픈 뒤에는 늦습니다. 서둘러 자신의 나이 듦을 인정하고 가능한 일찍부터 걷는 습관을 들이면 좋습니다.

걷기는 건강의 기본이에요. 걷지 않아서 걸을 수 없게 되고, 운동을 안 해서 골절 신세를 면치 못하는 악순환에 빠지지 않는 것이 중요합니다. 용건이 없어 나가 걸을 일이 없을 수도 있겠지만 그럴수록 용건을 만들어서라도 걸어야 합니다.

공원에서 돌아오면 좋아하는 커피를 직접 내려 한숨 돌립니다. 딸에게 모카포트를 선물 받은 이후로 이어지고 있는 습관입니다. 지금 사용 중인 모카포트가 두 번째이니 이제 제법 오래된 습관이 되었네요. 날씨가 좋을 때는 베란다 의자에 앉아 느긋하게 커피를 마십니다. 편안히 휴식을 취할 수 있는 둘도 없는 장소지요.

산책을 마치고 돌아오면 모카포트로 정성스레 커피를 내려 한숨 돌립니다.
다양한 원두 중에서도 이탈리아의 라바짜 원두로 내린 커피를 좋아해요.

매일 8000보를 걷습니다.
계절마다 다양한 표정을 보여주는 공원 산책은 매일 해도 질리지 않아요.

매일 해도 질리지 않는
운동을 만들어두면 좋습니다

이 나이쯤 되면 대부분 '허리가 아프다.'고들 합니다. 그런데 저는 그런 통증이 없습니다. 공원을 걸을 때도 젊은 사람의 보폭에 뒤지지 않아요. 그 비결은 앞에서도 말했듯이 매일 걷는 일 외에 꾸준히 해오고 있는 태극권의 영향도 크다고 봅니다.

처음에는 태극권 말고 라디오 체조를 했습니다. 그런데 시작하는 시간이 6시 반이라 아침이 힘들었어요. 여름에는 괜찮습니다. 시원해서 기분도 좋고요. 하지만 겨울에는 새까맣게 어두운 시간이에요. 그러다가 집 근처 공원에서 아침 7시 반부터 태극권을 한다는 소식을 듣고 그

쪽으로 갈아탔습니다.

태극권은 일요일과 큰비가 내리는 날과 설날, 휴일에만 쉽니다. 그 이외에는 쉬지 않기에 일정이 없는 한 매일 가고 있어요. 비가 오는 날에도 좁은 지붕이 있는 곳에서 몇 명이 하고 있는데, 지붕 아래에서는 최대 4명 정도밖에 할 수 없어 역시 그날은 쉬고 있습니다.

매일 한 25명 정도가 참여하려나요. 그런데 코로나로 인원수가 상당히 늘었습니다. 운동 부족을 해소하기 위해 실내에서 운동하던 분들이 야외로 나왔기 때문이겠지요. 지금은 모두 합쳐 40명 정도 됩니다.

태극권은 정말 몸에 좋아요. 움직임은 느려도 전신을 사용하는 데다 무리가 가지 않아 나이 드신 분들에게도 안성맞춤입니다. 처음 들어왔을 때는 통통했던 사람도 꾸준히 하다 보면 다른 사람이 되어 있어요. 살이 빠졌다기보다 탄탄해지는 느낌이에요. 몸의 근력도 놀랄 정도로 단련됩니다. 결코 격한 운동이 아닌데도 말이지요. 그래서 꾸준히 할 수 있습니다.

덕분에 좋은 친구들도 많이 사귀었습니다. 태극권을 마치면 다 같이 이런저런 이야기를 나누며 공원을 걷는 게 일과입니다.

어느새 7년째 꾸준히 하고 있는 태극권.

몸 구석구석까지 움직일 수 있어 전신 근력에도 좋답니다.

무리하지 않는 선에서
매일의 식사를 즐기고 있습니다

구에서 운영하는 건강검진은 빼먹지 않고 받고 있습니다. 어디 한 군데는 꼭 걸리곤 하지만, 너무 신경 쓰지 않으려 하고 있습니다.

지금은 고혈압 약과, 혈당 수치가 높아져 당뇨 약도 먹고 있습니다. 그 밖에도 콜레스테롤 수치가 올라가 의사는 그 약도 처방하고 싶어 하는 눈치지만 "아직 괜찮습니다." 하고 거절하고 있습니다. 다음 검진에서 수치가 너무 높으면 분명 처방을 받겠지요.

그 외에 듣는 말은 심장 비대. 역시 나이가 나이니만큼 한두 개가 아니네요. 이러저러해서 한 달에 한 번 약을 받으러 병원에 가고 석 달에 한 번 혈액 검사도 받습니다.

식사에 관해서는 딱히 의사의 지시가 없어 엄격한 식사 제한은 두지 않습니다. 나이가 많다고 섣불리 제한하면 영양실조에 걸릴 수 있으니까요. 무리하지 않고 가능한 범위에서 매일의 식사를 즐기고 있습니다.

기본적으로 직접 해 먹지만, 기성품도 고민하지 않고 삽니다. 집에서는 볶음 요리는 해도 튀김 요리는 안 합니다. 돈가스나 튀김 요리는 많이 먹을 수도 없고 요리하는 것도 번거로워서 먹고 싶을 때마다 사서 먹습니다.

사용하기 편리한 주방.
여기에 서는 일은 싫지 않습니다.
내 마음대로 나를 위한 음식을 만드는 건 즐거운 법이지요.

혼자 사는 것치고는 많은 그릇들.
그날그날 기분에 따라 음식에 맞춰 그릇을 사용합니다.

냉장고에 있는 채소에 소금과 후추를 뿌려
프라이팬에서 굽기만 하면 되는 간단 요리. 의외로 맛있어요.

작은 접시에 조금씩 올려 이렇게 쟁반 위로.
되도록 채소 위주로 먹고 있습니다.

튀김 요리는 반찬 가게에서 삽니다.
작은 생선이나 쌀겨 절임 채소로 균형을 맞춥니다.

영양 균형을 생각해 간단하게 준비 할 수 있는 걸로.
그리고 오늘도 캔맥주 한 잔!

나에게 잘 맞는 건강한 음식을
꾸준히 먹고 있어요

매일 반드시 먹는 음식이 두 가지 있습니다. 하나는 쌀
겨 절임 채소. 겨된장은 벌써 19년이 되어가네요. 딸이 있
는 런던에 석 달씩 가 있을 때도 겨된장에 소금을 평소보
다 많이 쳐서 냉장고에 넣어두고 갑니다. 그리고 돌아오
면 위쪽을 퍼서 버리기만 하면 됩니다. 그거면 충분합니
다. 평소에는 매일 손을 넣어 잘 휘저어 줍니다. 육수용 다
시마를 넣기도 하고 지금은 감 껍질을 두세 개 넣습니다.
쌀겨 절임 채소는 매일의 술안주로 빼놓지 않고 먹습니
다. 전날 절이면 너무 절여지므로 아침에 절입니다. 묵은
절임 채소에 잘게 썬 생강채를 더해도 맛있답니다.

두 번째로는 볶은 쌀겨를 매일 먹고 있습니다. 쌀겨는

곡물을 정제했을 때 나오는 과피, 종피, 배아 등의 부분인데 쌀이 지닌 영양소의 95%는 쌀겨 안에 있다고 할 만큼 영양가가 높습니다. 맛은 콩가루처럼 구수한 단맛이 있어 맛있습니다.

7, 8년 전에 친구가 추천해줘서 처음 먹기 시작했습니다. 일주일에 한 번 그 친구의 집에 기모노 입는 법을 알려주려 갔다가 보답으로 점심 식사를 대접받아 맛있는 식사를 하게 되었습니다. 그때 나온 음식들 중에 채소가 듬뿍 들어간 건강 주스가 있었는데요. 주스에 쌀겨를 넣는다는 말에 방법을 물었더니 쌀겨를 볶아 수분만 제거하면 된다고. 간단한 데다 돈도 별로 들지 않아서 이 정도면 할 수 있겠다 싶어 시작한 것이 지금까지 이어지고 있습니다.

만드는 방법은 간단합니다. 구매한 쌀겨를 8분에서 10분, 프라이팬에 기름을 두르지 않고 볶기만 하면 됩니다. 나무 주걱으로 타지 않도록 휘저으며 약한 불로 천천히. 그러면 황갈색으로 색이 변합니다. 그것을 저는 매일 아침 두유나 우유에 한 숟갈 넣어 흔들어 마십니다. 그 밖에

요거트에도 올리는데, 단맛이 부족하다 싶으면 흑설탕 시럽을 더해도 아주 맛있습니다. 건강 주스는 몇 번인가 도전했지만 믹서기도 없고 뒷정리가 힘들어서 관두고 쌀겨만 남았지요.

태극권 친구들이 시식을 했는데 반응이 꽤 좋아 몇 명은 저를 따라 시작했습니다. 이런 정보를 공유해나가는 것이 건강으로 가는 지름길이네요.

쌀겨 절임 채소도 볶은 쌀겨도 쉬운 데다가 비용도 저렴하고 맛있다는 점이 꾸준히 즐길 수 있는 포인트인 것 같습니다.

볶은 쌀겨는 달짝지근하니 맛이 좋아요.
한꺼번에 만들어서 냉장 보관합니다.
요거트와 바나나에 뿌려 먹습니다.

19살을 맞이하는 겨된장에 매일 아침
그날 밤 먹을 양만큼 제철 채소를 절입니다.
반주할 때 안주 삼아 곁들이기도 하고요.

매일 저녁 마시는

술 한 잔은 약이에요

70대에 위암 수술을 했을 당시에 든 생각은 '한 번 더 술을 마실 수 있는 몸이 되고 싶다!'였습니다. 보통은 이제 술은 끊어야겠다고 생각하지요. '암에 걸리고서 끊었습니다.' 하는 사람들이 많잖아요. 그런데 저는 '한 번 더 마시고 싶다.'고 생각했습니다.

술은 가리지 않고 좋아하고 뭐든 마시지만 비싼 술은 안 마십니다. 와인의 경우에는 700엔 정도의 레드와인을 좋아합니다. '레드우드, 까베르네 소비뇽.' 와인은 레드도 화이트도 좋아하지만 이 브랜드에 한해서는 레드가 맛있습니다. 한 번 살 때 세네 병을 묶음으로 삽니다.

캔맥주(300ml)는 매일 마십니다. 여기서 끝낼 때도 있지만 부족할 때는 하이볼을 마시기도 합니다. 와인을 마실 땐 맥주는 마시지 않고 와인만 마십니다. 보통 사흘에 한 병을 비우네요. 이따금 안줏거리를 담은 작은 그릇을 쟁반에 올려 느긋하게 반주하는 시간은 말할 수 없이 행복합니다.

결코 과음은 하지 않기에 간을 쉬게 해주는 날은 딱히 마련해두고 있지 않습니다. 제게 술은 활기를 가져다주는 '약' 같은 존재여서 쉴 필요는 없지 않을까? 생각해서 말이지요. 물론 많이 마시는 사람은 간을 쉬게 해주는 날이 필요하다고 생각하지만, 그래도 캔맥주 한 캔과 다른 술 한 잔 정도라면 쉬지 않아도 괜찮지 않을까요.

레드 와인에 소주…… 먹고 싶은 술을 죽 늘어놓고 나면
오늘은 뭘 마시면 좋을지 행복한 고민을 하게 됩니다.
아침에 절인 쌀겨 절임 채소와 치즈가 있으면 반주 세트 완성!

즐겁게 머리를 쓸 수 있는
취미도 꾸준히 합니다

매주 수요일은 마작하는 날입니다. 마작이라 하면 과거에는 도박의 이미지가 있었지만, 지금은 오히려 노인들에게는 권한다고 들었습니다. 치매 예방에 좋다고 의사가 권하고 있을 정도니까요. 가능하다면 치매에 걸리고 싶지 않습니다. 그래서 할 수 있는 만큼은 하려고요.

마작은 머리를 무진장 씁니다. 하나의 패를 들고 올 때마다 국면이 바뀌어 같은 상황은 두 번 오지 않습니다. 손가락과 머리를 함께 사용하기 때문에 최고의 뇌 훈련이지요. 마작을 할 때면 뇌가 활성화되는 것이 스스로도 느껴집니다.

마작 모임에 들어간 건 83살 때입니다. 공원에서 만난 친구가 마작을 하고 있다는 말에 "어머, 나도 옛날에 했었어요."라고 했더니 "그럼 다시 하면 되겠네요."의 흐름이 되었지요. 그 무렵엔 컴퓨터 교실을 다니고 있어서 시간을 내기가 어려워 포기했다가 컴퓨터 수업 과정을 모두 마친 타이밍에 마작 모임에 견학하러 갔고 그날 바로 가입했습니다. "그 나이에 관두는 사람은 있어도 가입하는 사람은 없어요."라는 말을 들었습니다.

60살 이상을 대상으로 한 이 모임에서도 저는 최연장자입니다. 마작 모임뿐만 아니라 이제는 어디를 가도 최연장자가 되는 일이 많지만요.

100명 규모의 모임에서 평균 연령대는 70대가 절반이고, 여성이 70%, 남성이 30% 정도 되려나요. 모임은 세 반으로 나뉘어 있고 그중 저는 수요일 오후반. 거기서 몇 번 우승한 적도 있습니다.

저는 20대에 마작을 한 경험 때문인지 신중하게 술책

도 부려보고, '지고 싶지 않아!'라는 마음이 정말로 강합니다. 젊을 때 배운 건 나이가 들어서도 잊어버리질 않네요. 오랫동안 마작을 잊고 있었는데도 조금만 해도 금방 기억이 떠오르니 얼마나 다행인지요.

자기 전 5분 스트레칭은
숙면의 비결이에요

이걸 체조라고 해야 할지 스트레칭이라 해야 할지 모르겠네요. 제 방식대로 잠들기 전 반드시 몸을 움직이는 일도 꾸준히 하고 있습니다.

밤 10시면 잠자리에 들기 때문에 9시 전후로 방에서 몸을 움직입니다. 골밀도를 높이는 데 좋다고 알려진 발뒤꿈치를 올렸다 내리는 까치발 운동을 30회에서 40회. 어깨 돌리기를 10회 이상, 허리 트위스트 30~50회, 몸통을 앞으로 굽혀서 손끝을 바닥에 닿게 하는 입위 체전굴, 라디오 체조의 '몸통 옆으로 비틀기 운동'과 '몸통 돌리기 운동', 나머지는 스트레칭입니다.

전부 다 해서 기껏해야 5~6분 정도지만 전신을 움직

입니다. 그러면 잠을 푹 잡니다. 까치발 운동은 TV에서 소개하던 것을 보고 넣었습니다.

덕분에 입위 체전굴은 손등까지 빈틈없이 바닥에 닿습니다. 양손을 등 뒤로 맞잡는 자세도 가능할 만큼 유연해졌습니다.

매일 밤 관절을 풀고 가벼운 근육 운동을 합니다. 제 마음대로 하는 거라서 효과가 얼마나 있을지는 솔직히 모르겠습니다. 하지만 이 운동을 하면서 매일 기분 좋게 푹 잘 수 있는 것만으로도 충분해요.

손등 전체가 바닥에 착 달라붙으면
얼마나 시원한지 몰라요.

매일 5분 스트레칭 덕분에
몸이 상당히 유연해졌어요.
당연히 반대쪽 손도 닿습니다.

osakihiroko @hiroloosaki
저는 유행에 쉽게 휩쓸리는 사람이라
유행하는 것에는 꼭 손을 댔습니다.
사교댄스, 마작, 골프, 볼링, 수어 강좌를 3년간 다니기도 했지요.
이제껏 제가 한 일에 후회한 적은 없습니다.
50년 만에 시작한 마작은 뇌 운동에 도움이 됩니다.
뭐든 해봅시다!

2021/12/28

osakihiroko @hiroloosaki
옛날에는 양주가 비싸서 못 마셨지만
요즘에는 싼 것도 많습니다.
섣날용으로 사둔 양주를 오늘 밤 열어 마시고 있습니다.
하이볼 맛있다!

2021/12/18

osakihiroko @hiroloosaki

제 나이는 언제 무슨 일이 일어나도 이상하지 않을 나이입니다.

혼자인 제가 가장 두려운 건 치매입니다.

신체는 매일 태극권과 산책으로! 머리는 마작과 트위터로!

집안일도 모두 직접 합니다.

저의 낙은 매일 밤의 반주입니다!

2021/08/02

---

osakihiroko @hiroloosaki

스트레스 있는 생활은 하기 싫습니다.

다행히도 혼자여서 제가 하고 싶은 일을 마음껏 하며

생활하고 있습니다.

건강하면 혼자서도 즐길 수 있습니다!

2021/03/22

---

osakihiroko @hiroloosaki

방에 꽃을 꽂아두거나, 식사 때 식기는 원하는 것으로……

이렇게 마음을 풍요롭게 하고 있습니다!

2021/11/24

---

osakihiroko @hiroloosaki

나쁜 습관은 금방 몸에 배지만

좋은 습관은 노력하지 않으면 안 보입니다!

2022/01/09

하고 싶은 일을 마음껏 하며 생활하고 있어요.
되도록 규칙적으로 생활하려고 합니다.
마음대로 살 수 있는 것도 건강해야 할 수 있습니다!

무리하지 않고 즐겁게

나이에 맞는
단정함을 지키며
살아갑니다

외출 전 거울 앞에서
간단한 단장을 합니다

　매일 화장을 신경 써서 하는 건 아니지만 눈썹과 아이라인만은 그리고 있습니다. 아이라인을 그리지 않으면 얼굴이 흐릿해집니다. 나이가 들면 눈에 힘이 없어져 멍해 보이기 때문입니다. 이걸 감추기 위해 그립니다. 89살에도 여전히 아이라인을 그릴 수 있다는 게 재미있잖아요.

　하지만 주름이 깊어 아이라인이 깔끔하게 그려지지 않습니다. 결국 눈 위가 울퉁불퉁하니 버석해집니다. 저는 펜슬을 이용하고 있는데, 주름이 갈수록 깊어져 그리기가 어려워져서 다음에는 액체로 된 얇은 것을 사용해볼까 생각 중입니다.

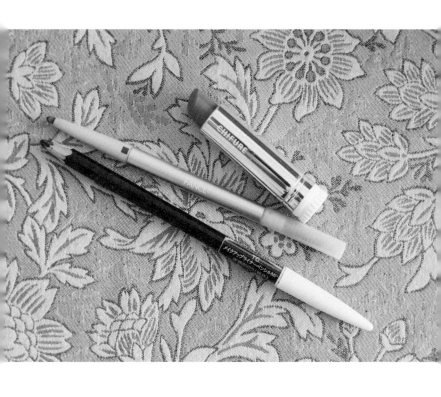

립크림, 회색 아이라이너, 아이브로우 펜슬만 있으면
메이크업 끝입니다.

계속 화장을 안 하던 사람이 갑자기 아이라인을 그리면 위화감이 생길 겁니다. 계속 안 하다 보면 얼굴에 어울리지 않고 낯설어집니다. 그래서 이 나이에도 열심히 그리고 있습니다.

외출할 때는 먼저 자외선차단제를 꼭 바릅니다. 예전에는 다음 순서로 파운데이션을 발랐는데, 주름 사이에서 굳어져버려 나이를 먹은 후로는 파운데이션을 치덕치덕 바르는 건 관두게 되었습니다. 그 대신 지금은 파운데이션이 아닌 루스파우더로 가볍게 눌러줍니다. 마스크를 쓰니 이마에만 두드리면 되지요.

태극권이나 마작을 하러 갈 때뿐이라고 해도 너무 할머니스럽게 있는 것도 별로라는 생각이 들어 이 정도는 합니다. 입술은 마스크를 벗을 기회가 있을 때만 옅은 색을 바릅니다.

스킨 케어도 약용 미백 스킨. 스킨을 바른 다음에 올인원 젤로 끝냅니다. 아, 그리고 최근에 딸이 보내준 레티놀

올인원 젤, 올인원 젤 에센스, 약용 미백 스킨,
딸에게 받은 레티놀 크림이면 스킨 케어는 충분해요.

크림이 굉장히 좋아서 그것도 아껴 쓰고 있습니다.

세안은 아침에 일어났을 때는 미지근한 물로만 합니
다. 공원에서 돌아와 목욕할 때 비누로 씻습니다. 평범한
목욕 비누로 씻고요. 그런 다음 스킨, 올인원 젤, 자외선차
단제를 바릅니다. 그러고 나서 얼굴에 가볍게 파우더를
두드려주면 외출 준비 끝!

특별하게 하는 건 하나도 없지만 거울을 들여다보며
스스로를 가꾸는 마음을 갖는 것이 중요하지 않을까요.

흰머리에 잘 어울리는
머리색을 찾았습니다

70살까지는 흰머리용 염색약으로 머리를 물들였습니다. 그런데 이게 만족스럽지 않더군요. 머리가 조금만 자라도 영 지저분해지더라고요. 머리칼이 지저분하면 전체가 볼품없어지잖아요. 그래서 흰머리 염색을 관두고 딸이 권해준 염색 샴푸를 사용하기 시작했습니다. 그 이후로는 줄곧 이것만 쓰고 있습니다.

딸에게 부탁해 미국에서 해외 배송되는 이 샴푸와 컨디셔너만 사용해도 라벤더색으로 나오기 때문에 염색은 따로 하지 않습니다. 그래서 굉장히 편합니다. 2개에 6000엔 정도로, 미국에서 오는 해외 배송료가 1500엔 붙습니다. 결코 저렴한 비용은 아니지만 한 통이면 1년을 버

딸에게 부탁해 주문하는 염색 샴푸와 컨디셔너.
덕분에 번거롭지 않게 라벤더색을 유지하고 있어요.

팁니다. 40일에 한 번 가는 미용실에서는 커트만 합니다. 늘 깔끔한 상태를 유지할 수 있어서 만족스러워요.

휜머리는 노르스름해지지요. 윤기도 없고. 그걸 눌러주면서 깔끔하게 보이게 해주는 것이 이 색이어서 라벤더색으로 염색하고 있습니다.

나이가 들어서 어쩔 수 없다는 핑계로 버석버석한 피부나 나쁜 안색, 푸석푸석한 머리를 가만 놔두는 건 깔끔해 보이지 않아 도무지 별로입니다. 나이가 들수록 청결함이 중요하지 않을까요. 그래도 이제 성가신 건 할 수 없어요. 쉬우면서도 돈을 들이지 않고 할 수 있는 방법을 찾아 꾸준히 관리하려고 합니다.

걷는 자세만 살짝 바꿔도
젊어질 수 있습니다

저만의 방법입니다만, 아름답게 걷는 방법이 있습니다. 도로에 그어진 흰 선이 있지요? 그 선 위를 곧은 자세로 걷습니다. 항상은 아니어도 가능하면 의식하며 걷고 있습니다. 공원에서도 보도 라인이 있는 곳에서는 그렇고 하고 있고요. 그러면 걷는 자세와 방향이 자연스럽게 곧아집니다.

젊을 때부터 이어오던 방법으로, 이유는 아름답게 걷고 싶어서였습니다. 뒷모습이라도 아름다우면 좋잖아요. 덕분에 지금도 '뒷모습이 아름답다.'는 말을 듣습니다. '뒤에서 보면 절대로 노인처럼 안 보인다.'면서 말이지요.

어느 방향에서 보더라도 아름다우면야 좋겠지만 아무래도 앞모습까지는 무리니까요.

배에 힘을 준다거나 하는 어려운 동작은 하지 않습니다. 그저 등이 굽지 않도록 자세를 곧게 펼 뿐입니다. 몸이 아프면 등이 굽어지겠지만 지금까지는 괜찮아서 자세는 항상 신경을 쓰고 있습니다.

걷는 자세만 바꿔도 훨씬 젊어 보입니다. 손쉽게 금방 할 수 있는 일이라 시도해볼 가치는 충분합니다. 여러분도 해보세요.

계단을 오르내릴 때도 시선은 살짝 위로 보면서 가능한 등을 곧게 펴고 걷습니다.

돈 들이지 않고도 멋 낼 수 있는

방법은 얼마든지 있어요

옛날부터 멋 내는 것을 좋아했어요. 물론 지금도 좋아합니다. 하지만 이 나이가 되면서는 돈을 들이지 않고 멋을 내고 있어요. 그게 참으로 즐겁습니다.

이를테면 평소의 옷차림에 고운 색의 스카프나 숄을 매치해보는 식으로 말이지요. 스카프나 숄은 캐시미어와 같은 고급 제품도 물론 있지만, 비교적 저렴한 가격대로 살 수 있는 것도 많아요. 1000엔대로 살 수 있어 그런 제품을 어깨에 걸치거나 깔끔하게 목에 두릅니다. 방한도 되니 일석이조지요.

옷은 세일 코너에서 삽니다. 세일 코너에서 좋은 물건

조금씩 사서 모은 스카프와 숄.
쌀쌀할 때, 코디가 뭔가 아쉬울 때 둘러주면 멋스러워요.

을 발견하면 얼마나 설레는지 몰라요. 하지만 코로나 이후로는 옷을 거의 사지 않아요. 태극권과 마작, 장을 보러 갈 때 말고는 입고 나갈 일이 없으니까요. 집에서는 착용감이 뛰어나고 편안한 게 좋고요.

그런 와중에 최근 구매한 물건이 뉴발란스 운동화입니다. 8000엔 정도 했네요. 매일 8000보를 걸으니 역시나 걷기 편한 신발이 좋아 요즘에는 계속해서 뉴발란스 운동화를 애용하고 있습니다. 제 발 모양에 맞는 거겠지요. ABC마트에 가면 점원에게 봐달라고 부탁합니다.

과거에는 줄곧 하이힐을 신은 터라 저는 무지외반증이 있습니다. 그래서 일반적인 신발을 신으면 무지외반증의 돌출된 엄지발가락 쪽 관절이 닿는 부분이 제일 먼저 닳아서 자칫하면 구멍이 납니다. 그래서 이번에는 점원이 추천해준 무지외반증용 깔창을 신발 안에 넣어봤습니다. 쿠션이 좋아 착용감이 상당히 좋더군요. 모든 신발에 사용할 수 있고 세탁도 할 수 있어서 하나 갖고 있으면 안심이 됩니다.

목걸이나 귀걸이와 반지는 어쩌다 보니 늘 착용하고 있습니다. 한 번 착용하면 한동안은 착용한 채로 생활하기 때문이에요. 겨된장을 휘저을 때도, 목욕할 때도 착용한 채로. 그래서 너무 큰 건 착용할 수 없습니다. 잠시 외출할 때는 포인트가 될 만한 큼지막한 목걸이를 착용하기도 하지만요.

목걸이는 외국에 갔을 때 기념으로 사고는 했습니다. 액세서리는 딸에게 받은 선물도 많습니다. 칸막이로 나뉘어 있는 케이스에 보관하고, 착용 중인 액세서리가 질리면 이따금 바꿔 끼웁니다. 어디까지나 편안하면서도 세련된 차림이 기본입니다.

옷 정리를 간단하게 하려고 벽장용 수납장을 구매했는데, 이게 굉장히 마음에 들어요. 벽장 안쪽의 깊이를 이용해 서랍이 안쪽과 앞쪽의 두 단으로 들어가게 되어 있습니다. 그래서 겨울이 되면 겨울옷 서랍을 앞으로 배치하고 여름옷 서랍은 안쪽으로. 옷을 정리할 타이밍이 되면 전후를 바꿔 끼우면 끝. 정말 괜찮지요?

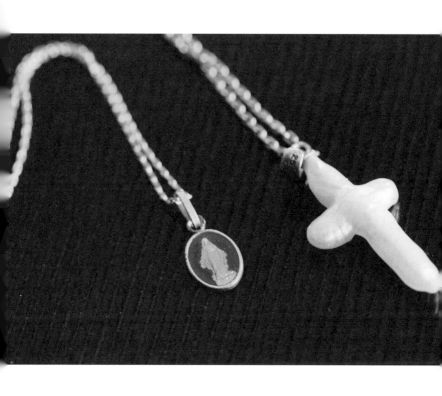

마리아상 목걸이는 프랑스로 여행 갔을 때 현지의 성당에서 샀어요.
십자가 목걸이는 딸에게 받은 선물입니다.

지금은 편리한 물건이 많은 세상이라 이런 혜택을 받으며 멋을 즐기고 있습니다. 정말로 좋은 시절이네요.

벽장용 수납장은 안쪽에도 서랍이 한 단 더 있어요.
계절 옷을 교체할 때는 안쪽과 앞쪽을 바꾸기만 하면 됩니다.

큰돈 없이도 그럭저럭

행복하게 보내고 있습니다

돈 이야기를 하면 솔직히 초라해지는 느낌입니다. 딸에게조차 구체적으로는 이야기한 적이 없네요. 하지만 분명 이 책을 읽고 계시는 분들 중에는 자신의 노후를 위해서도 알고 싶어 하는 분들이 계시겠지요. 그래서 조금만 이야기를 해보려고 합니다.

저는 젊었을 때 고생을 많이 해서 그런지 돈을 들이지 않고도 마음이 넉넉하게 생활하는 방법을 잘 알고 있습니다. 더구나 돈 때문에 고민하거나 앞날을 불안해하며 걱정하는 것은 건강에도 영향을 미치니까 그런 불안감이 있다면 없애야겠지요. 하지만 기본적으로는 꼭 필요한 최소한의 돈만 있으면 충분히 행복한 노후를 보낼 수 있지 않을까 생각합니다.

실제로 저는 큰돈과는 인연이 없지만 매일 더없이 즐겁게 보내고 있습니다. 그러나 그건 다행히도 건강하기 때문이기도 합니다. 아프면 돈도 들고 마음도 우울해지기 마련이니까요. 그래서 나이가 들면 돈보다도 건강이야말로 무엇보다 중요한 재산일지도 모른다고 자주 생각합니다.

저는 가계부는 쓰지 않아도 일기는 매일매일 쓰고 있습니다. 이건 70대에 암 수술을 하고부터 줄곧 해오고 있는 습관입니다. 그렇다고 장황한 문장을 엮는 게 아니라 정말로 짧은 글입니다. 매년 사용하고 있는 성당 수첩에 그날 있었던 일을 한마디로 짧게 쓰고 난 뒤 1000엔 이상 구매한 물건들을 기록합니다. 이것이 제 가계부를 대신합니다. 매달 꼼꼼하게 계산하는 것도 아니어서 이 정도면 충분해요.

물론 제대로 기록해두면 자제해야 할 때도 알 수 있을

빼곡히 나열된 글자가 적힌 이 노트는
제게 일기장이자 가계부이기도 합니다.

테고 지갑 사정도 파악할 수 있겠지요. 하지만 그리 대단한 수입도 지출도 없어서 이 정도로도 충분히 관리가 됩니다.

매년 성당에서 구매하는 일기장은 빼먹지 않고 모두 보관하고 있습니다.
저에 대한 기록이니까요.

소박한 생활이지만
하고 싶은 것을 하며 삽니다

딸이 중학교를 졸업한 무렵이었을 겁니다. 어려운 가운데서도 조금씩 저축하면서 생활을 꾸려나가 공공임대주택에 들어갔습니다. 그러나 그곳도 노후화로 재건축이 결정되면서 지금의 공공임대주택으로 옮기게 되었습니다. 공공임대주택이라 집세는 수입으로 정해집니다. 제 경우에는 수입도 없고 고령자임이 감안되어 매우 쌉니다. 집세는 생활비 중에서 차지하는 비율이 가장 높지요? 이상적인 비율이 30%라고들 하던데. 그래서 그 점은 도움을 크게 받고 있습니다.

식사는 기본적으로는 직접 해 먹지만 사 먹을 때도 있

습니다. 무슨 일이 있어도 직접 해 먹어야 해! 하고 너무 힘을 주면 금방 지치고 스트레스가 쌓여 본전도 못 찾게 되니까요. '무리하지 않는다.' 이 자세가 제일 중요하다고 생각합니다.

슈퍼가 가까운 거리에서 있어서 일단 장을 보러 가면 되도록 절제하려고 하는데, 호기심에 여기저기 기웃대고 맙니다. 산책도 겸해 일주일에 네 번 정도 장을 보러 가는 것 같아요. 그래도 외식을 하지 않으면 식비는 꽤 줄일 수 있습니다.

제 경우에는 술값이 한 달에 1만 엔 정도 듭니다. 저녁 반주로 캔맥주 한 캔에서 끝내려고는 하는데 모자라네요. 캔으로 된 츄하이나 하이볼 같은 것도 마십니다. 그리고 와인도 사흘에 한 병 정도는 비우게 되니까요. 와인은 가끔 세일하는 기간에 한꺼번에 사고 있습니다. 그래봤자 네 병 정도지만, 씩씩하게 제힘으로 들고 옵니다.

구체적으로 말하자면 식비가 3~4만 엔, 그리고 카

드 이체가 3~4만 엔 정도 나가고, 공과금 외에 통신비가 8000엔 전후. 그 외에 자잘한 지출과 집세를 포함하면 대략 10만 엔 정도가 듭니다. 그 돈을 연금으로 어찌어찌 충당하고 있습니다.

저는 70살까지 의상 코디네이터로 일했습니다. 그때 노후를 생각해 꾸준히 저축을 해왔습니다. 과거에는 예금 금리가 높아 은행에 100만 엔을 맡기면 10년 후에는 200만 엔이 되어 있던 시기도 있었지요.

지금은 매달 연금과 그동안 저축해온 돈으로 생활을 꾸려나가고 있습니다. 저축은 대부분 다 헐었습니다만 크게 불안하진 않습니다. 앞으로 10년, 20년을 버텨야 하는 나이도 아니니까요.

건강한 몸으로 언제든지 밖에 나가 햇볕을 쬘 수 있다!
어쩌면 이것이 최고의 사치일지도 모르겠어요.

큰돈을 꼭 써야 할 때는
저축해둔 돈을 씁니다

이를테면 가전제품이 고장 났을 때 저는 성질이 급해서 바로 가전제품 매장으로 달려가 추천해주는 물건을 사버립니다. 그런데 딸에게 그 얘기를 했더니 '여기서 샀으면 더 싸게 샀을 텐데!', '이 상품은 이런 편리한 기능이 달려 있는데도 가격이 같아요.' 하는 말들을 하더군요. 딸은 저와는 정반대로 큰돈이 나가는 쇼핑을 하기 전에는 꼼꼼하게 알아보기 때문에 절대로 실패하지 않는 타입이거든요.

그래서 지금은 가전제품과 같이 조금 큰 쇼핑을 할 때는 원하는 제품의 링크를 먼저 딸에게 보내고 있습니다. 딸에게 확인을 시켜주고 OK를 받은 뒤에 구매하고 있지요. 그렇게 하면 실패하지 않고 안심할 수 있으니까요.

갑작스러운 지출을 하게 될 때는 저축한 돈을 쓸 차례입니다. 꼭 필요한 경비는 어쩔 수 없으니 에잇! 하면서 찾아 씁니다. 이런 때를 위한 저축이지요. 어쨌거나 스트레스 안 받는 생활을 하려고 노력하고 있고 그건 돈에 관해서도 마찬가지입니다. 사치하지는 않지만 무리하게 애쓰지도 않습니다. 이건 제 인생을 걸고 일관되게 말할 수 있습니다.

최소한의 부모 도리는
하고 싶은 마음입니다

집은 공공임대주택이고 부동산도 특별한 재산도 없지만, 딸에게는 조금이라도 돈을 남겨주고 싶습니다.

만일 제가 병으로 입원하게 되거나 무슨 일이 생기면 런던에 사는 딸은 몇 번쯤 런던과 도쿄를 오가야 하는 상황이 생길 겁니다. 아무리 싼 티켓을 산다고 해도 왕복 항공료만으로 몇십만 엔이 들 텐데. 결국엔 그런 돈을 쓰게 할 수밖에는 없겠지만, 그래도 조금은 여윳돈을 남겨주고 싶어요.

유산이라 할 만한 것은 없습니다만 최소한 그 정도는 생각하는 게 부모의 마음이겠지요.

되도록이면 핑계를 만들어서라도 매일 짧은 외출을 합니다.
집에 돌아오면 이 작은 공간이 더 아늑하게 느껴져 기분이 좋습니다.

느긋하고 자유롭게

검소하지만 더없이
행복하게
보내고 있답니다

혼자 살기에 충분한 집에서
하고 싶은 일만 하며 지냅니다

20여 년 전부터 공공임대주택에 혼자 살고 있습니다. 집 구조는 주방과 침실, TV가 놓여 있는 다다미방으로 되어 있는데, 혼자 살기에는 충분한 크기지요. 햇볕이 잘 들어 맑은 날에는 한겨울에도 난방이 필요 없을 정도입니다. 저 말고도 고령자들이 많이 살고 있어서 친구도 많습니다. 인테리어는 최대한 심플하게 해두고 있습니다. 장식하고 싶은 건 현관이나 수납장 위처럼 구석에 정리해두고 있어요.

세심한 청소는 이 나이가 되면 힘이 들어서 '사용하면 제자리에 돌려놓기'를 철저하게 지키며 깔끔한 상태를 유지하려고 합니다. 그렇게 하면 일상의 청소도 훨씬 편해집니다.

식탁보와 같은 천도 정말 좋아해서 계절에 맞춰 바꾸고 있습니다. 집의 분위기가 확 바뀌어서 즐거워요. 이 집 안에서 맛있는 술을 마시며 안주를 집어 먹고, 넷플릭스로 한국 드라마를 보는 시간은 정말이지 행복합니다. TV 앞에 있는 테이블을 겨울에는 고타쓰로 사용하는데 그 안에 들어가 마시는 와인 한 잔은 정말 최고예요.

집에서 걸어서 20분쯤 걸리는 곳에 사계절의 변화를 느낄 수 있는 아름다운 공원이 있는데, 계절별로 피는 꽃을 바라보며 산책하는 것만으로도 삶의 활력이 솟아납니다. 걸어서 1분 거리에는 큰 슈퍼도 있어 매일의 장보기도 문제없습니다.

이렇게 멋진 집에 살 수 있음에 진심으로 감사하는 매일입니다.

최대한 심플하게 정리한 침실. 창가에는 아끼는 램프를 두었어요.
아침이면 볕이 눈부시게 들어와서 기분 좋은 공간입니다.

주방의 식탁보나 쿠션 커버는 계절마다 바꿔줍니다.
테이블 위의 쟁반도 여름에는 등나무로 바꾸고 있어요.

드라마를 보며 울고 웃는 일은
젊음을 유지하는 비결이에요

벌써 20년도 더 된 옛날 옛적 일인데, 일본에서 한류 드라마 〈겨울 연가〉가 크게 유행한 적이 있었습니다. 배우 이병헌을 좋아해서 한국 드라마에 빠져들었던 시기이기도 합니다. 아마존의 파이어 TV 스틱을 세팅하고 넷플릭스에도 가입하고……. 전부 직접 했습니다.

한국 드라마는 런던에 사는 손자도 아주 좋아해서 드라마 이야기를 시작하면 신이 나서 한참 수다를 떨게 됩니다. "〈스카이 캐슬〉 재밌더라!" 하면서 말이지요. 그중에서도 〈나빌레라〉는 정말로 추천합니다. 한국 드라마를 보면서 그렇게 운 건 처음이에요. 드라마를 보는 내내 눈물이 멈추질 않았습니다. 70살에 발레를 시작한 주인공과 23살 발레리노의 이야기로 누구든 좋아할 감동적인 스토리라고 생각합니다.

〈오징어 게임〉은 1화를 다 보고 2화를 보기 시작했는데 '음, 이건 별로.'라고 생각해 일단 멈췄습니다. 어두운 느낌이 들어서요. 하지만 계속 궁금해서 못 참겠더라고요. 그래서 다시 보기로 결심했지요. 그러자 안 보고는 도저히 못 배기겠더라고요. '대체 이다음은 어떻게 되는 걸까.' 하고 말이지요. 그 결과 굉장히 재미있었습니다. 이병헌이 나올 때는 깜짝 놀랐지요.

그 후 〈마이 네임:거짓과 복수〉라는 드라마를 어제부터 보기 시작했는데, 이것도 정말 재미있네요. 〈알고 있지만〉의 여배우 한소희가 몸을 살찌우고선 굉장한 액션을 선보입니다. 조폭과 경찰이 얽히는 복수극입니다.

넷플릭스로 보는 건 한국 드라마가 대부분이지만, 지금은 가끔 중국의 〈삼국지 Secret of Three Kingdoms〉를 보기도 합니다. 이 드라마는 50화 이상이라 단숨에 몰아볼 수 없어서 도중에 멈추고 다른 드라마를 보며……

이것저것 즐기고 있습니다.

넷플릭스 이야기는 한번 시작하면 멈출 수가 없네요.

좋아하는 드라마를 보며 울고 웃는 일은 젊음을 유지하는 비결 중 하나인 것 같습니다. 나이가 들면 아무래도 표정이 부족해지잖아요? 그걸 막는 데 한몫해주고 있지 않을까 멋대로 생각합니다.

따스한 햇볕이 드는 거실에 앉아 넷플릭스로
한국 드라마를 보는 시간은 행복 그 자체.

BTS의 최고령 팬일지도

모르겠습니다

　지금으로부터 17~18년 전이었나요. 당시 동방신기는 5인조 그룹이었는데 그 무렵 딸이 "멋져, 멋져, 이것 좀 봐 봐!" 해서 같이 보다가 어느새 저도 팬이 되고 말았습니다. 멤버들의 사이가 좋고 춤을 정말 잘 추더군요. 앨범은 대부분 갖고 있습니다. 책이 나오면 예약해서 샀습니다. 달력이나 굿즈를 사러 혼자 신오쿠보에도 갔었지요.

　당시 구매한 오래된 동방신기 달력은 멤버 전원의 사진이 실려 있어서 도저히 버리지 못하고 계속 가지고 있습니다. 지금도 당시의 곡을 듣거나 DVD를 보면 기운이 납니다.

이 또한 딸의 영향이지만, 지금은 BTS를 좋아합니다. 기분이 가라앉을 때는 2시간 정도, TV로 BTS의 라이브 영상을 틀어놓고 있습니다. 볼륨을 크게 해놓고서 말이지요. 그러면 역시나 기운이 납니다.

지금도 딸에게서 수시로 최신 정보가 들어옵니다. 'NCT'라는 일본인 쇼타로와 유타가 있는 한국 그룹이 있는데, 그중 'NCT DREAM'이라는 7인조 유닛이 있습니다. 20살 손자는 이들을 좋아합니다. "진짜 멋지니까 보세요." 하면서 사진이나 링크를 보내옵니다. 그러면 "이 부분이 좋네."나 "이 사람이 멋있구나!" 하고 대답을 안 할 수가 없습니다. "누가 좋으세요?"하고 물어오기 때문에 멤버 이름도 전부 외웠습니다.

BTS도 처음에는 이름과 얼굴을 외우기까지 일주일이 걸렸습니다. 외국인 이름이라 좀처럼 외우기 힘들더군요. 하지만 이럴 땐 '뇌 훈련이 된다'고 생각하면 좋습니다. 머리는 멍하게 두면 쇠퇴해지기만 할 뿐이니까요. 뭐든 긍정적으로 즐겨보는 것, 귀찮아하지 않고 딸과 손자의 말을 듣다 보니 어느새 팬이 되었고 기운을 얻게 된 것, 좋은 일투성이잖아요.

제 나이가 되면 티켓을 끊고 밖으로 나가 라이브 공연장까지 발걸음을 옮길 만큼의 여력은 없습니다. 그래서 1000엔도 안 되는 금액으로 드라마며 좋아하는 아티스트의 공연까지 마음껏 볼 수 있는 온라인 동영상 서비스는 정말로 감사할 따름입니다. 유튜브는 무료인 데다가 큰 TV 화면으로도 볼 수 있습니다. 정말로 좋은 시대지요. 오래 살아서 다행이라고 절실히 느낍니다.

탈의실에 CD플레이어, 라디오를 두고
목욕할 때마다 좋아하는 음악을 즐깁니다.

하루를 살더라도 건강하게
사는 쪽을 선택하고 싶습니다

저는 한가한 시간을 주체하지 못하는 경우는 별로 없는 것 같아요. 꽃꽂이를 좋아해서 물을 갈아주기도 하고 마스크나 작은 행주를 만드는 등 뭔가 조금씩 손을 움직이고 있습니다.

바느질을 할 수 있게 된 건 몇 년 전에 한 백내장 수술 덕분입니다. 안경 없이도 바늘에 실을 꿸 수 있게 되었으니까요.

백내장 수술로 지금 고민하고 계시는 분들이 있다면 꼭 하세요. 나이가 더 들면 '안경 어딨지?' 하면서 매번 찾는 것도 여간 수고스러운 일이 아닙니다. 맨눈으로 볼 수

시간이 날 때마다 바느질로 뭐든 만듭니다.
이번엔 안 입는 랩오버 치마를 리폼해서 가림막 커튼을 만들었어요.

있으면 그런 번거로움도 사라집니다.

언니에게도 "앞으로 몇 년을 살든 안경 없는 생활은 정말로 쾌적하니 무조건 하는 게 좋다."고 추천해서 언니는 90살에 수술을 했습니다. 그 후엔 정말 잘 보인다면서 어린아이처럼 좋아해서 무척 뿌듯했지요.

전에는 안경을 줄곧 써왔습니다. 지금도 노안이 모두 해소된 건 아니어서 가끔 쓰긴 하지만 기껏해야 5분 정도입니다. 돋보기는 거의 사용하지 않아요. 안경을 쓰던 시절에는 가끔 최신 디자인의 안경을 구경하러 가게를 들여다보기도 했지만 이제는 그럴 일이 없네요.

손을 움직이며 보내는 시간은
생활에 활력을 줍니다

시력이 좋아지고 나서 무엇보다 기쁜 건 역시 바느질을 성가시게 여기지 않고 할 수 있게 되었다는 겁니다. 바느질을 하면 생활에 활기가 돕니다. 뭔가를 만들어내기 때문일지도 모르겠네요.

요즘에는 마스크를 자주 만듭니다. 보관해두었던 옛날 옷감은 그대로 계속 놔두면 변색이 되어 버립니다. 그 실크 천이 너무 아까워서 한 번 세탁 후 일부러 다림질을 하지 않고 주름 가공을 한 것 같은 상태로 만든 다음 손바느질로 마스크를 만듭니다. 너무 밋밋하지 않도록 수놓아진 장식도 꿰매고요. 마스크 하나 만드는 데 1시간 정도 걸리려나요.

마스크는 상대방에게 선물을 받았을 때 답례로 주면 굉장히 기뻐합니다. 코로나가 안정되더라도 당분간은 마스크가 필요할 테니 TV를 보면서 종종 만들고 있습니다.

커튼의 자투리 원단을 저렴하게 사 와서 식탁보나 테이블 러너도 자주 만듭니다. 포인트가 되는 깔개를 정말 좋아합니다. 많이 가지고 있어서 계절별로 바꿔가며 그때그때 분위기를 바꿔주고 있지요.

그리고 안 입는 랩오버 치마를 분해해 간단한 가림막 커튼으로 만들거나 낡은 수건을 세 번 접어 자수를 놓아 귀여운 행주를 만들기도 합니다. 용도가 바뀌어도 최대한 사용하고 싶어 리폼을 하고 있습니다.

바느질은 손끝을 움직이는 일이니까 뇌를 위해서도 좋다고 생각하며 취미를 이어가고 있습니다.

옷감을 세탁해 자수를 놓아서 마스크를 만듭니다.
저만의 포인트는 안감 모두 다른 천을 사용한다는 것!

커튼의 자투리 천으로 만든 식탁보와 테이블 러너.
계절별로 바꿔가며 집 안 분위기에도 변화를 주고 있습니다.

고타쓰 위에 직접 만든 테이블 러너를 놓고 꽃을 두기도 합니다.

꽃이 있는 생활은
마음의 평화를 줍니다

　20대 때부터 꽃꽂이의 세계에 기웃거렸습니다. 옛날에는 바느질과 꽃꽂이가 시집가기 전 갖춰야 할 소양 중 하나였습니다. 그땐 의식을 못 했는데 원래 꽃을 좋아했던 것 같아요. 연습은 즐거웠고요. '삼각으로 꽂기'와 같은 기본만 익히고서 나머지는 제 방식대로 합니다. 아주 제멋대로 하고 있지요.

　꽃 이름에 관해서도 무지합니다. 꽃 사진을 트위터에 올릴 때는 꽃 이름을 아이폰으로 검색한 다음 올리고 있습니다. 틀린 이름을 적으면 '틀렸어요!'라는 말을 듣게 되니까요. 사진으로 찍은 꽃을 검색하는 게 무척 쉽기도 하고요. 그때마다 외웠더니 트위터를 처음 시작했을 때보다도 꽃 이름을 제법 알게 되었습니다.

주변에서 쉽게 볼 수 있는 꽃이면 다 좋아합니다. 제가 살고 있는 단지에는 자유 공간이 있어 주민이 각자 좋아하는 식물을 심고 있는데 거기서 한 그루 받아와 가꾸거나, 동네 길가에 피어 있는 들꽃을 조금 꺾어와 작은 꽃병에 꽂고 있습니다. 그래서 꽃을 사는 일은 거의 없어요.

꽃병도 좋아해서 많이 갖고 있어요. 꽃병도 예뻐 보이면 다 좋습니다. 고물상에서 파는 것 중에 좀 좋다 싶으면 삽니다. 결코 비싼 것에는 손대지 않습니다. 친구에게 생일 축하 선물로 받은 것도 꽤 됩니다.

가끔 꽃병에 물을 넣지 않은 채로 꽃을 꽂아둘 때도 있습니다. 묶어서 베란다에 달아두기도 하고요. 시간이 흐르면 자연스레 드라이플라워가 되어 그건 그것대로 예쁘더라고요. 그렇게 1년 내내 꽃을 즐기고 있습니다.

손을 움직이는 걸 좋아해서 물을 갈아주거나 꽃병에 꽃을 꽂는 일이 전혀 힘들지 않습니다. 오히려 돌보는 그

마음에 드는 꽃병은 꽃을 꽂지 않은
채로도 장식해둡니다.

시간은 마음의 재활이라고나 할까요. 햇볕이 드는 방에서 아무 생각 없이 꽃을 만지고 있으면 조금 짜증 나는 일이 있어도 정화가 됩니다. 마음이 정리되고 시원해지지요. 그리고 아름다운 꽃이 눈에 들어오는 것만으로도 행복한 기분이 들어서 각 방은 물론이고 현관과 세면대까지 곳곳에 꽃을 장식해놨습니다.

89살 생일에는 많은 꽃을 받았습니다. 좋은 향기가 집 안에 퍼져 정말이지 최고로 행복했습니다. 이렇게 행복한 기분이 들 수 있다면 몇 살이 되어도 생일은 좋은 것이구나 싶었습니다. 몇 번이고 그날을 맞이하고 싶다고요. 이렇게 꽃으로부터도 매일 기운을 받고 있습니다.

가게에 즐비한 아름다운 꽃은 말할 것도 없고 길가에 피는 소박하면서도 사랑스러운 꽃까지 그 힘은 상당하답니다. 감사하는 마음을 잊지 않고 그 생명에 감사하며 최대한 정성스레, 소중하게 가꿔주고 싶습니다. 아끼는 꽃병에 꽂아서 말이지요.

물을 넣지 않고 꽃을 꽂아 드라이플라워로 만들기도 합니다.
손질도 필요 없이 그대로 꽂아둘 수 있어서 편하지요.

베란다에는 작은 정원 느낌으로 나무 발판을 두었습니다.
햇볕이 잘 들어 화분의 꽃도 무럭무럭 자랍니다. 언제나 기분 좋은 장소지요.

아기자기하고 귀여운 것으로 장식한 현관.
향을 좋아해서 매일 아침 현관에 향을 피우기도 했지요.

'트위터하는 할머니'의 말말말

osakihiroko @hiroloosaki
젊을 땐 가만히 있어도 그 자체로 아름답죠.
나이가 들어 관심을 끄면 볼 수 없게 됩니다.
좀 더 신경 쓴다 싶은 정도가 딱 좋아요!
기본은 항상 '깔끔하게' 입니다.

2021/12/10

osakihiroko @hiroloosaki
작심삼일이 싫어서 시작하지 않는다…… 는 말을 듣는데,
작심삼일도 좋습니다. 안 하는 것보다 나아요.
또 다른 걸 해보면 됩니다. 반복하다 보면 뭔가 발견합니다!

2021/12/30

osakihiroko @hiroloosaki
상냥하고 편안한 사람과 어울리려면
먼저 내가 그런 사람이 되어야 합니다.
자기 연마가 필요한 이유!

2021/12/21

osakihiroko @hiroloosaki
하고 싶지 않을 때는 땡땡이치면 됩니다.
의욕이 없을 때는 그냥 모른 척 눈감으면 됩니다.
늘 진지하면 피곤하고 짜증 납니다.

2022/01/02

---

osakihiroko @hiroloosaki
매사 상식에 얽매이지 말고 도전하는 자세가 중요합니다!
하물며 젊은이들은 무조건 도전하세요.
기쁨과 사랑으로 힘내시길.

2022/01/09

---

osakihiroko @hiroloosaki
옛날에는 없었던 치매,
한시라도 빨리 치매 약이 개발되면 좋겠어요.
약이 있는 듯하나 효과가 별로인 모양이에요.
몸과 마음 모두 건강하게 오래 살고 싶습니다!

2022/01/04

---

osakihiroko @hiroloosaki
길에는 세 종류가 있어요. 오르막길, 내리막길, 막다른 길?!
막다른 길에 맞닥뜨렸을 때는 침착한 자세로
어떻게 하면 좋을지 판단이 필요해요!

2022/01/03

내가 행복하면 남에게 친절해집니다!
내가 행복하지 않으면 남을 행복하게 만들 수 없어요!

가볍지만 단단하게

남은 날들은 홀가분하게
살고 싶습니다

영정 사진은
미리 찍어두었습니다

12~13년 전에 이미 영정 사진을 찍어놨습니다. 영정 사진은 불단 앞에 올려둘 때뿐만 아니라 스냅 사진을 방에 올려두는 경우도 많지요. 그래서 만일을 위해 기모노와 정장의 두 가지 버전으로 촬영했습니다. 지금 제가 트위터의 아이콘으로 설정해둔 사진도 실은 영정 사진으로 촬영한 것 중 하나입니다.

계기는 지인 중에 사진이 취미인 분이 계셨는데 사진을 찍어주겠다는 제안에 기모노를 입었을 때 '그럼 영정 사진으로 찍어두자.' 싶었지요. 보통 사진은 여행이나 모임 때나 찍지, 혼자서 제대로 촬영할 기회는 좀처럼 없으니까요.

'갑자기 돌아가셔서 어떤 사진을 영정으로 써야 할지 모르겠다.'고 하는 말도 자주 듣습니다. 요즘이야 하루면 여러 명이 찍혀 있는 스냅 사진을 확대해 영정 사진으로 뚝딱 만들 수 있는 모양이지만, 모처럼 깔끔하게 찍을 수 있는 기회가 있다면 일찍 영정 사진을 준비해두어도 괜찮겠다 싶었습니다.

영정 사진으로 아주 젊은 시절의 사진을 사용하는 분도 있는데, '어? 뭐야? 언제 적 사진?'이라는 생각이 드는 건 좀 곤란합니다. 주변 사람들이 깜짝 놀라는 일이 없도록 스스로 잘 준비해두는 것이 좋겠지요. 그러는 제 사진도 이미 10년도 더 되었네요. 하지만 그때도 충분히 할머니여서 그렇게까지 인상은 바뀌지 않았을 테니 괜찮다고 여기고 있습니다.

하나뿐인 딸의 수고를
덜어주고 싶습니다

　죽음 준비라고 하면 남은 건 유언일까요. 제게는 딸 하나뿐이라 복잡한 서류를 준비할 필요는 없었습니다.

　그래도 제가 독신이다 보니 그 분야에 밝은 분께서 '현재까지의 호적등본을 준비해두면 좋다.'고 말해주더군요. 유산 분할은 없어도 저금 같은 상속 자체에는 필요하다면서요. 그래서 서류는 이미 10년도 전에 출생지인 시모쓰마에서 전부 떼왔습니다.

　알아보니 이외에도 여러 서류가 필요하더군요. 이사 경력이 기록되어 있는 서류(호적 부표) 등등. 줄곧 같은 곳에서 생활하는 부부일 경우에는 한두 장으로 끝나겠지만,

이혼 경력이 있거나 이사를 여러 번 한 경우에는 장수가 많아져서 그걸 준비하기가 조금 힘들었습니다.

그것도 모두 딸에게 제대로 상속하기 위해 필요한 절차라고 생각하며 빠짐없이 챙겼습니다. 서류를 잘 구비해두지 않으면 제 계좌가 동결된 채로 남게 되는 일도 있는 듯해서요. 대단한 금액은 아니지만 건강할 때 미리 준비는 하고 있습니다.

끝으로 묘지 문제인데요, 저는 납골당을 이미 수십 년 전에 사두었습니다. 아무것도 준비해두지 않으면 유골을 어디에 둬야 할지 모를 것 같아서요. 딸이 가까이에 살면 우선은 집에 둘 수도 있겠지만, 런던까지 유골을 들고 돌아갈 수는 없는 노릇이지요. 그렇다 보니 아무래도 유골을 납골할 곳이 필요했습니다.

50년인가 100년간 돌봐준다는 공동 납골당이 있다는 사실만으로도 마음이 한결 편합니다. 유지비도 이미 지불해두었습니다.

언제 죽어도 갈 곳이 있다는 사실은 심적으로도 꽤 가뿐합니다. 죽음 준비란 결국 자녀에게 피해를 주고 싶지 않다는 마음, 단지 그뿐이지 않을까요.

언제든 갑자기 떠날 수도 있다는 마음으로
집 안은 늘 깔끔하게 정리하고 있습니다.

껄끄러운 사람과는
거리를 두어도 괜찮습니다

누구에게나 껄끄러운 사람이 한두 명쯤은 있지요? 저는 사람과의 관계에서도 역시 무리는 하지 않습니다.

이 나이가 되면 잠깐만 이야기를 나눠 봐도 알 수 있습니다. '잘 안 맞네.', '아, 결이 다르네.' 하고 말이지요. 그래서 그런 사람에게는 제가 먼저 다가가지 않습니다. 당연히 무시의 태도가 아닙니다. 그저 일정한 거리를 유지하며 깊이 들어가지 않도록 조심합니다. 미움받기 싫어서 무리하게 함께 있어 봤자 피곤하기만 할 뿐. 또한 마음이 안 맞는 사람과 만나면 헤어지고 나서도 왠지 모르게 마음이 답답해지니까요.

제가 진심으로 즐겁지 않다면 분명 함께 있는 상대도 마찬가지로 즐겁지 않을 거라고 생각합니다. 그건 결과적으로 상대에게도 엄청난 실례이지요. 더구나 그런 걸로 얼마 남지 않은 인생의 하루를 낭비하고 싶지 않습니다.

코로나 시기에는 제한이 많아서 정말로 힘들었지만 유일하게 인간관계를 정리할 수 있었다는 것만큼은 좋았습니다. 자연스레 사람과 거리가 생겨서 사람과 사람 사이의 쾌적한 거리감을 유지할 수 있게 된 것 같습니다.

언제든 보고 싶을 때 볼 수 있도록 방 곳곳에 가족사진을 두고 있습니다.

방 한구석에도 램프와 가족사진을 올려둡니다.
지금은 다 자란 손자의 어릴 적 사진은
역시 언제 봐도 사랑스러워요.

미리 걱정해봤자

소용없는 일에는 마음을 비웁니다

몇 살쯤이었을까요. '나 혼자서 어떻게 하지? 내 노후는 어떻게 될까.' 하는 생각을 한 적이 있습니다. 트위터도 시작하기 전이었고 마작도 태극권도 하지 않고 홀로 공원을 산책하며 이런저런 생각이 많던 시절입니다. 그런데 조금씩 친구를 사귀게 되면서 그런 불안도 서서히 옅어져 갔습니다.

제가 지금 가장 불안한 건, 여기서 갑자기 쓰러져 손을 쓸 수 없는 상황입니다. 혼자 살다 보니 이 걱정은 어쩔 수 없이 따라옵니다.

'만일 내가 집에서 쓰러졌는데 알아채는 이가 아무도

없다면……' 하고 무심코 걱정하게 되는 일도 있는데요. 뭐, 아무리 걱정해봤자 소용없는 일에는 생각을 바꾸기로 했습니다. 지금은 '죽으면 죽는 거지. 분명 누군가가 어떻게든 해줄 거야.' 정도로 생각하고 있습니다.

매일 태극권에 나가고 있으니 혹시나 제가 며칠간 연락도 없이 안 나오면 분명 누군가가 '이상하네!' 하고 알아채지 않을까 하는 기대도 하고 있습니다.

그렇다고 아무런 대책을 세우지 않은 것은 아닙니다. 같은 단지에 사는 친한 이웃에게 저는 여벌 열쇠를 미리 건네놨습니다.

"내 모습이 며칠 안 보이거나 전화를 해도 연락이 안 되거나 문을 노크해도 응답이 없으면 문을 열고 들어와요." 하고 일러두었지요.

그리고 런던에 있는 딸은 제게 무슨 일이 생기면 바로 올 수 없으니 열쇠를 맡겨둔 사람과 양옆에 사는 이웃까지 해서 세 사람과 메신저로 연결을 시켜놨습니다. 평소에는 전혀 교류가 없지만 귀국할 때마다 인사를 시키며 얼굴을 익히게끔 하고 있습니다. "무슨 일이 생기면 잘 부탁합니다." 하고 말이지요.

그래서 제게 무슨 일이 생기면 그분들은 딸에게 메신저로 알려줄 수 있습니다. '어느 병원에 입원해 있어요.' 하는 식으로 말이지요. 딸도 그분들에게 연락해서 '엄마를 좀 봐주실 수 있을까요?' 하고 요청할 수도 있고요. 그렇게 부탁은 해놓은 상태입니다.

잊어버리지 않도록 병원 진료일, 마작하는 날 등의 일정을
달력에 직접 표시해두고 있습니다.
크리스마스에는 산타할아버지 스티커를 붙여놓았어요.

내 몸은 스스로 지킨다는
마음을 가져야 합니다

인터넷 계약에 부가된 열쇠 분실 및 누수 등의 처리 서비스를 들어놨습니다. 과거에 한두 번 거기서 파견된 직원이 와서 문을 열어준 적도 있습니다. 집에 들어오지 못하면 정말로 곤란하니 그런 상황에 대비하는 것도 중요합니다. 나이가 들어 실수가 늘어도 문제가 생기지 않도록 자기 자신을 보호한 다음에는 마음을 비우는 게 최선이지 않을까요.

그 밖에 혼자서도 안심하고 생활하기 위해 명심하고 있는 것들이 몇 가지 있습니다.

이를테면 이름을 대지 않고 방문하는 사람에게는 절

대로 문을 열어주지 않습니다. 성가신 판매원이 오면 "미안합니다, 노인네라 아무것도 몰라요. 됐습니다." 하고 거절합니다. 이때도 문은 열지 않습니다. 택배가 오면 문을 열기 전에 반드시 보낸 사람의 신원을 확인합니다.

사소한 부분이지만 무슨 일이 일어날지 모르니까요. 내 몸은 스스로 지킨다, 이것이 제 철칙입니다.

그리고 나이가 들수록 휴대전화는 무조건 필요하다고 생각합니다. 어려운 기능은 필요 없어서 폴더폰이어도 되니, 어디에 있든 연락이 될 수 있도록 하는 것. 이게 가장 중요하다고 봅니다.

'할 수 있는 만큼 준비해놓고, 그래도 쓰러지게 되면…… 그건 이제 어쩔 수가 없지.' 같은 편안한 마음으로 살아가려고 합니다.

끝이 좋으면
다 좋다고 생각합니다

　지금은 편안해 보이지만 젊었을 땐 고생을 많이 했습니다. 밤낮없이 일하며 녹초가 됐던 시절도 있었습니다. 그래도 말이지요. 아무리 힘들어도 그런 고생을 얼굴에 드러내지 않는 것, 다른 건 몰라도 이것만큼은 조심해왔습니다. '저 사람 싱글맘이라서 저렇게 짜증을 내나 봐.' 하는 눈치를 받고 싶지 않으니까요. 반대로 태연한 얼굴로 평온하게 있으면 '저 사람 여유가 있어 보기 좋네.'가 됩니다. 그리고 그렇게 행동하는 것이 그리 어려운 일은 아니었습니다.

　조금만 신경을 쓰면 할 수 있는 일이고, 또 그렇게 하면 신기하게 마음도 시원해지더라고요. 어떤 문제도 그런 태도로 대하면 '뭐야, 전혀 별거 아니잖아.' 하고 자연스럽게 받아들여집니다.

예전부터 무슨 일이든 '케세라세라!, 될 대로 되라.'고 생각하며 살아왔어요. 좋든 나쁘든 간에, 그래서 스트레스를 안 받아 오래 살고 있는지도 모릅니다.

트위터에도 몇 번 올린 적이 있는데, '불평불만, 푸념만 해대는 사람에게 행복은 찾아오지 않아요.'라는 말을 저는 정말로 그렇게 믿고 있습니다. 불평불만이 많은 사람은 행복이 찾아와도 알아차리지 못합니다. 행복이란 결국은 자기 마음에 달려있으니까요. 부족한 것만 보고 있으면 언제까지고 만족스러운 일은 없겠지요.

젊을 땐 대체로 건강에 별로 신경 쓰지 않습니다. 그래서 원하는 것이 손에 들어오면 행복, 좋아하는 사람이 생기면 행복. 세상 이치가 그렇지요.

나이가 들면 마음이 평안하면 행복. 80살이 넘어가면

건강하면 행복. 건강하니 마음이 평안하다. 그런 마음가
짐이면 짜증 날 일이 없어집니다.

제 나이가 되면 이제 끝이 보이니까요. 이처럼 감사하
게도 운 좋게 살아 있으니 마지막까지 마음껏 즐기지 않
으면 벌을 받습니다. 고생은 했어도 지금이 행복하면 그
걸로 만족합니다. 과거의 일은 시간이 지나면 잊히니까
요. 괴로웠던 일도 전부. '끝이 좋으면 다 좋다.'는 말은 정
말로 그런 것 같아요.

"오사키 씨에게 에너지를 받았습니다."

최근 자주 듣는 말이에요. 최고의 칭찬을 해주셔서 정
말로 감사합니다.

사실 저야말로 여러분께 기운을 받고 있지요. 이렇게
행복한 매일을 보낼 수 있음에 감사하며 마지막까지 최선
을 다해 즐기고 싶습니다. 진심으로요.

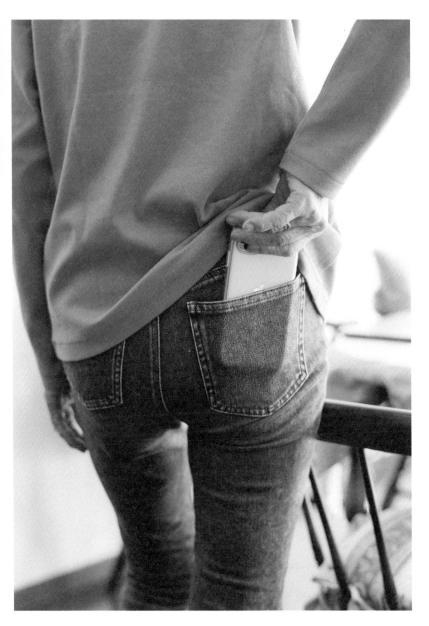

휴대전화는 가능하면 가까이에 두고 있습니다.
언제든 누구에게나 연락할수 있도록.

'트위터하는 할머니'의 말말말

osakihiroko @hiroloosaki
기쁠 때도 쓸쓸할 때도, 막다른 골목에 몰렸을 때도,
고민이 있을 때도, 하늘을 올려다보세요!
넓은 세상이 있습니다!

2021/11/23

osakihiroko @hiroloosaki
가치관이 다른 사람과 대화를 나누면 즐겁지 않아요.
그보다 기분이 안 좋습니다.
그런 사람과는 자연스레 멀어지는 편이 몸을 위해서도!

2022/01/03

osakihiroko @hiroloosaki
내 성격이 나쁜가? 하고 고민하는 사람 있으신가요?
괜찮습니다!
정말로 나쁘면 그런 걸로 고민하지도 않아요.

2021/07/16

osakihiroko @hiroloosaki

행복의 비결은 자신에게 정직하게 사는 것!

2021/08/26

---

osakihiroko @hiroloosaki

나이가 들어서도 뭐든 욕심을 부리는 사람이 있습니다.
그런 사람은 좋아할 수 없습니다.
저세상에 못 가져가요!

2019/03/23

---

osakihiroko @hiroloosaki

과거에 집착하지 마세요!
중요한 건 지금입니다.
지금을 소중히 보냅시다!

2021/11/25

---

osakihiroko @hiroloosaki

나이가 들면
감기 걸리지 마라!
넘어지지 마라!
의리는 지켜라!

2021/04/03

자기 마음에 성실하게!
이건 나이에 상관없이 매우 중요한 일이라고 생각해요.

여전히 하고 싶은 것이
많아서 얼마나 다행인지

매일 아침 집 근처 공원에서 태극권을 하고 8000보씩 걷습니다. 일주일에 한 번 친구들과 마작도 하고요. 일과 중 가장 즐거운 시간은 트위터를 하는 시간입니다.

가끔 근처 댄스 교실에서 '1, 2, 3……' 하는 카운트 소리가 들려오면 나도 해볼까 하기도 하고, 노인 탁구 붐에 나도 동참해볼까 하기도 합니다. 이 나이가 되어서도 여전히 하고 싶은 것이 많아서 괴로워요. 되도록 아파서 드러눕는 일만은 피하고 싶어 골절만큼은 주의하면서 호기심이 가는 대로 자유롭게 여생을 보낼 수 있다면 좋겠다고 생각하는 요즘입니다.

트위터에서는 감사하게도 다양한 연령대의 분들이 매일 많은 메시지를 주십니다. 그중에서 '어떻게 그렇게 건강하세요?', '활력이 넘치는 비결은 무엇인가요?'와 같은 내용이 많이 보입니다.

이 책을 쓰면서 그 대답을 제 나름대로 생각해봤습니다. 매일 8000보를 걷는 것과 태극권은 건강을 유지한다는 의미에서 중요한 부분을 차지한다고 생각합니다. 역시 걷기와 운동은 건강의 기본이니까요. 젊은 사람들(이제 연상의 분들과 만나는 일이 어렵습니다만⋯⋯)과 트위터를 통해 친구가 된 것도 도움이 되었고, 일주일에 한 번 즐기는 마작, 한국 드라마, BTS는 생활의 기쁨이 되어주고 있습니다. 런던에서 생활하는 딸과는 매일 메신저로 영상 통화를 나누고 있어서 쓸쓸함이 적고, 반대로 거리가 아주 먼 탓에 가족 간의 성가심이나 스트레스가 없다는 것도 크겠지요.

'늙으면 자식을 따르라.' 이 말대로 저는 기본적으로 딸의 말에는 귀를 잘 기울이려고 노력하고 있는데, 그렇게 순순히 따를 수 있는 것도 이 거리감이 한몫하고 있을지도 모릅니다.

그러나 제일 중요한 건 '매사에 한계를 정하지 않는 것'이 아닐까요.

'나이가 많아서 못 한다.' 이 생각을 일단 머릿속에서 밀어낸 뒤 궁금하면 먼저 문을 열어 노크해보세요. 그러면 그 문은 열릴 겁니다. 설령 무리였다고 해도 다른 문이 열릴 가능성도 높아집니다. '새로운 친구'와 같은 행운도 덤으로 따라옵니다. 손해 볼 건 아무것도 없어요. 그리고 또 한 가지, 노파심에서 말씀드리자면 '그냥 즐겨라.' 이것 말고는 없다고 생각합니다.

외동딸이 런던에서 살게 된 이후 오랜 시간 혼자 살고 있습니다. '외로울 텐데.' 하고 걱정해주는 사람이 대부분이겠지요. 하지만 허세 일절 없이 저는 이 생활을 진심으로 즐기고 있습니다.

즐기는 것에 돈은 안 듭니다, 남에게 피해를 주지도 않고요. 그저 자신의 마음가짐에 달렸지요. 이 얼마나 간편한가요!

'걸어야 하는데.' 하고 마지못해 집을 나와 등을 굽힌

채 터벅터벅 걷는 것과 '오늘은 어떤 꽃이 피었을까.' 하고 들뜬 마음으로 걷는 것, 1년 후에는 얼마만큼의 차이가 나 있을까요? '즐기는 마음'을 하루하루 쌓아나가는 것이야말로 젊음과 건강을 유지하는 비결이라고 생각합니다.

트위터를 만나고 제 인생은 완전히 바뀌었습니다. 하루 8000보를 걸으며 건강과 친구를 곁에 두게 되었고요. 모두 마지못해 해온 것이 아니라 '즐기는 마음'으로 시작한 일들입니다. 만일 지금 고개를 숙이고 있다면 고개를 살짝만 들어보세요. 아름다운 하늘이 눈에 들어올 거예요.

평범한 할머니가 올리는 트위터에 '좋아요!'를 눌러주시는 팔로워 여러분 늘 감사합니다. 지금의 제가 있는 건 여러분 덕분이에요. 이 자리를 빌려 감사의 인사를 드립니다. 그리고 언제나 지지해주는 가족에게도 진심 어린 마음을 보냅니다.

_오사키 히로코

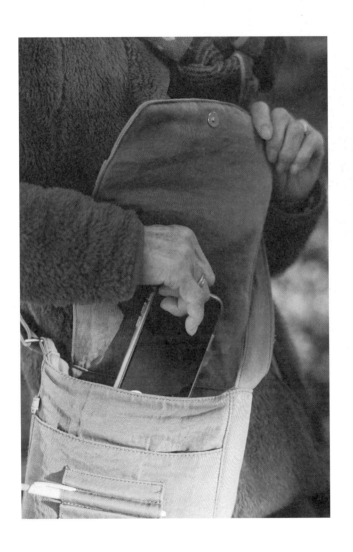

89살 할머니도
씩씩하게 살고 있습니다

초판 1쇄 인쇄 2023년 4월 25일
초판 1쇄 발행 2023년 5월 4일

지은이 오사키 히로코 **옮긴이** 최윤영
펴낸이 김종길 **펴낸 곳** 글담출판사 **브랜드** 인디고

기획편집 이은지 · 이경숙 · 김보라 · 김윤아 **영업** 성홍진
디자인 손소정 **마케팅** 김민지 **관리** 김예솔

출판등록 1998년 12월 30일 제2013-000314호
주소 (04029) 서울시 마포구 월드컵로8길 41 (서교동 483-9)
전화 (02) 998-7030 **팩스** (02) 998-7924
블로그 blog.naver.com/geuldam4u **이메일** geuldam4u@geuldam.com

ISBN 979-11-5935-140-2 (03830)

책값은 뒤표지에 있습니다.
잘못된 책은 바꾸어 드립니다.

만든 사람들 ————————
책임편집 이은지 **디자인** 정현주 **교정교열** 박주현

글담출판에서는 참신한 발상, 따뜻한 시선을 가진 원고를 기다리고 있습니다.
원고는 글담출판 블로그와 이메일을 이용해 보내주세요. 여러분의 소중한 경
험과 지식을 나누세요.

블로그 http://blog.naver.com/geuldam4u　　**이메일** to_geuldam@geuldam.com